POUR TOUT L'OR
DE LA FORÊT

ISBN : 978-2-36157-282-2
DÉPÔT LÉGAL : OCTOBRE 2020

Collection : « Voyage en poche »
Cartographie : Marc Alaux
Relecture : Marc Alaux & Émeric Fisset
Mise en pages : Émeric Fisset
Couverture : Matthieu Delaunay

TRANSBORÉAL
23, RUE BERTHOLLET – PARIS Ve
TÉL. : 01 55 43 00 37
contact@transboreal.fr – www.transboreal.fr

MATTHIEU DELAUNAY

POUR TOUT L'OR DE LA FORÊT

Nouvelles du Québec

ÉDITIONS TRANSBORÉAL
48° 50' N. * 2° 20' E.

À Charlotte, à qui je dois ces lignes québécoises.

Aux Isabelle de ma vie.

À Axelle, Marie, Clémence, Elsa et Nine.

Et aussi à David Koubbi qui, sans le savoir,
m'a conforté dans la joie du combat.

AVANT-PROPOS

J'ÉCRIS CES LIGNES en écoutant *Ordinaire* de Robert Charlebois et vous suggère de faire de même si vous le pouvez. Si vous êtes émotif, vous aurez sans doute les larmes aux yeux. Ici, au Québec, on dit « avoir les yeux pleins d'eau ». Je trouve la formule savoureuse, comme le québécois qui me semble être un des parlers les plus fleuris, burlesques, toniques et expressifs que j'aie jamais entendus. Je repense souvent et narquoisement à ces autoproclamés chantres des belles-lettres qui, en France, me disaient que de l'autre côté de l'Atlantique on massacrait leur langue. J'avais répondu distraitement à ces gardiens du temple gonflés d'eux-mêmes et puis, le cœur battant, étais monté dans l'avion pour Montréal.

Souvent, mes premières impressions sont les bonnes, mais quand je me trompe, c'est toujours lamentablement. S'il y avait un endroit du monde qui m'intéressait peu, une destination à laquelle je n'aurais jamais souri, c'était le Québec. De cette contrée, je croyais connaître l'accent, une star internationale, le vernis d'une culture que je pensais sommaire, le fait qu'il faisait froid et que nous étions en Amérique du Nord. Rien de plus que ce qu'un téléphone intelligent (marre des anglicismes) aurait pu me donner en un clic. Je n'y connaissais rien et, sans vraiment en être fier, je pensais que c'était assez pour m'en détourner. Feignant d'être un romantique assombri, mon regard se portait plutôt vers le levant, ses taïgas et les steppes. Comme si l'océan de la forêt boréale et la magnificence du fleuve Saint-Laurent étaient trop peu pour moi. Et puis un jour, les fées de l'existence m'ont fait le cadeau de pouvoir poser durablement le pied sur ce sol extraordinaire. Quelques jours ont suffi pour commencer à comprendre où je me trouvais.

Au risque de passer pour un amoureux éperdu, j'ai vécu là un authentique coup de foudre. Je sais qu'il dure encore, et qu'il durera toujours. Les Québécois se donnent tellement de mal à accueillir l'étranger de façon bienveillante et agréable qu'il faudrait être un mufle pour ne pas amollir sa prétention française face à la tranquille assurance de ces hôtes. On m'avait mis en garde pourtant, me promettant qu'il faudrait livrer bataille pour pénétrer leur cercle d'amitiés. Foutaise ! Ils m'ont ouvert grand les bras, prêté des livres, initié à leur musique, ému par leur théâtre, montré des films, abreuvé de bières de microbrasserie, régalé de « bouffe » (comme ils disent) savoureuse, variée et délicate, guidé dans les méandres de la politique fédérale et provinciale, et décodé quelques expressions en joual, le parler quotidien des gens d'ici.

J'ai une dette envers le Québec.

À quelques amis indépendantistes qui m'ont glissé entre les doigts des lectures exigeantes et ont répondu patiemment à mes innombrables questions, je dois de m'être rendu compte que, si le Québec porte bien son nom de Belle Province, le problème de cette appellation ne réside pas dans le mot Belle, mais dans celui de Province, et que Beau Pays irait comme un gant de glace à cette terre fascinante. J'ai compris pourquoi ces personnes amies, et tant d'autres avec elles, défendent farouchement leur langue et leur culture, dernier îlot français battu par les flots de l'océan anglophone.

J'ai compris qu'au Québec il ne sert à rien de se vouvoyer, parce que le respect se marque autrement et est omniprésent. Trop me dis-je parfois, mais peut-on se montrer trop prévenant ? J'ai compris qu'au Québec on n'est pas hypocrite, mais allergique au conflit. Si ce manque de punch et de front dans les rapports humains peut sembler mièvre et ennuyeux, j'ai compris que ces façons de feindre l'adhésion pour ne pas faire perdre la face à son interlocuteur ont l'avantage d'instaurer une ambiance apaisée, et une tranquillité bienfaisante, surtout pour un enragé tel que je suis. J'ai compris que les Québécois ne sont pas nos cousins, mais les descendants d'une de nos anciennes colonies que nous avons vendue à plus fort que nous au XVIIIe siècle, sans jamais dire au revoir et encore moins merci. J'ai compris que c'est parce qu'ils se sentent anciens colons et colonisés qu'ils promènent une modestie et les façons simples de ceux qui ne se la racontent pas – même les célébrités –, et que l'immense majorité des orgueilleux fait au moins l'effort de le cacher. J'ai compris que vivre avec des personnes différentes, pour peu que chacun ait de quoi remplir son assiette et payer son loyer, ne pose aucun problème, et que tenir ce discours ne signifie pas qu'on est faible ou vendu. J'ai compris pourquoi ici on ne dit pas « handicapé » mais « personne en situation de handicap », qu'on ne dit pas « indien » mais « autochtone » : essayer de nommer correctement élague le fatras des caricatures et permet d'économiser sa salive et de passer à l'essentiel. Et puisque je parle des Autochtones, j'ai compris que la façon dont ils ont été et sont toujours traités est indigne d'un pays qui a connu l'horreur du colonialisme. Ce dernier aurait tout intérêt à mettre fin aux vieilles méthodes sordides pour redonner aux premiers occupants la place qui leur revient et dont ils ont été dépouillés après avoir accueilli, et bien souvent sauvé, l'arrivant venu d'Europe.

J'ai compris qu'aller à vélo en toute saison dans les rues de Montréal est une bonne façon d'embrasser l'hiver, qui tarde à partir, puisqu'il sait pertinemment que c'est à sa fraîcheur que l'on pensera aux heures étouffantes des mois estivaux. J'ai compris que la cabane au bord d'un lac avec un canoë n'est pas un mythe sans raison, et qu'explorer ces étendues d'eau peut tout aussi bien se faire à la voile. J'ai compris que les moustiques piquent à travers les vêtements épais, que les taillis sont fournis et que les défricheurs étaient parmi les personnes les plus braves que la Terre ait portées. J'ai compris que l'histoire

– jeune pour les Blancs, ancestrale pour les Autochtones – est profonde pour chacun et que le terme de culture unique n'est pas usurpé dans ce grand rectangle de pinède marbré de milliers de cours d'eau sur lequel vivent seulement 8,5 millions d'âmes.

J'ai compris que le Québec est traversé par des enjeux ardus que la mondialisation exacerbe, qu'il n'y a pas un Québec unique, qu'ici aussi les questions d'identité, de laïcité et de culture sont débattues, et qu'il est difficile de comprendre où s'arrête la tradition, où commence la modernité, et avec quoi s'est réellement forgée la Nation québécoise. J'ai compris, qu'on l'accepte ou non, que les choses évoluent vite et qu'il est temps de s'en accommoder pour réfléchir à ce qui doit être préservé ; et qu'il vaut mieux se débarrasser des principes, des spécialités culinaires et des prétendues valeurs constitutives d'une nation, parce qu'il est illusoire de prétendre en connaître les origines exactes. J'ai compris que le reste n'est que nostalgie, supposition, exégèse ou bavardage.

J'ai compris que, au Québec comme en France, la corruption dévore une partie des taxes payées par le citoyen et que le pouvoir politique laisse depuis longtemps les commandes aux mains de l'ultralibéralisme. J'ai compris que la majorité des Québécois, qui chiale (comme on dit pour « se plaindre ») sur le bipartisme, les dysfonctionnements institutionnels et la mafia des travaux publics, est sans doute trop gâtée pour souffler sur les braises d'un atavisme rebelle étouffé par cinquante ans de développement à l'américaine. Ici aussi, le confort, la malbouffe et la télévision sont mauvais conseillers et poussent davantage à patienter en soufflant sur ses lignes de crédit à rembourser que de jeter ses chips et ses écrans pour donner un autre élan à son existence. Parce que j'ai appris qu'en 1960 on avait fait la Révolution tranquille, j'ai compris qu'on pouvait, en quelques années, retourner la table et faire un virage politique à quatre-vingt-dix degrés. J'ai compris qu'il était possible, en une poignée d'années, de s'émanciper de la tutelle de l'Église toute-puissante, de sortir de la boue du conservatisme, de monter un système éducatif gratuit et performant, de reprendre un peu de pouvoir aux Canadiens anglophones, dominants et exploiteurs. J'ai compris, surtout, et malgré ce qu'on entend, qu'il faut en réalité peu de temps pour que les femmes puissent mener la vie qu'elles souhaitent, sans avoir continuellement à baisser le menton.

J'ai compris que l'initiative devait être encouragée, les rêves incarnés et le succès célébré. J'ai compris enfin qu'ici aussi la nature est massacrée au profit de l'argent et des plaisirs personnels, que l'individualisme est devenu une hygiène de vie, le matérialisme une éthique et l'accumulation une vertu.

J'ai compris que j'avais une dette envers le Québec et que je ne pourrai jamais l'acquitter.

Ça n'a pas d'importance, je sais que ses habitants sont des gens simples, « ben ordinaires », et qu'ils prendront ce livre simplement pour ce qu'il doit être : une façon de leur dire merci.

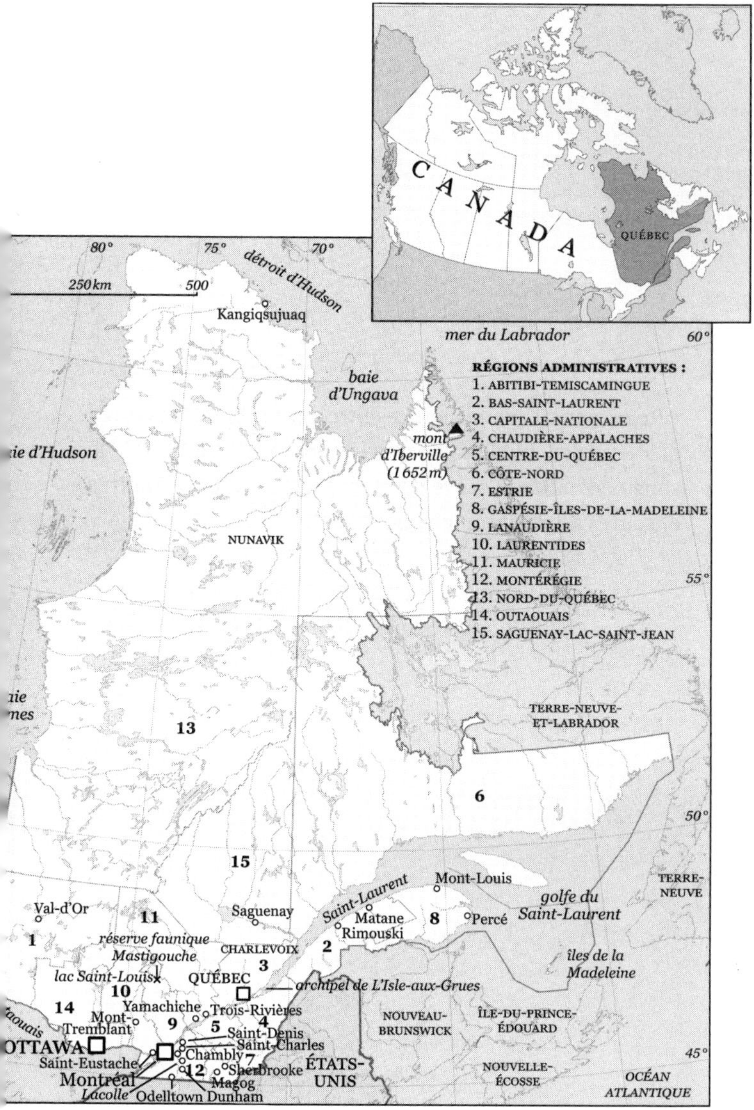

LA PROVINCE DU QUÉBEC

« Regagnons la haute mer. Légère comme une bulle, écume de mer salée, plus rapide que la pensée, plus agile que le songe, je quitte la grève de mon enfance et les mémoires obscures de ma vie ancienne. »

Anne Hébert, *Les Fous de Bassan* [1982],
Éditions du Seuil, coll. « Points », 1998, p. 204.

LE GOLFE

Estuaire du Saint-Laurent ~ Côte-Nord

Quatre battements par minute

C'EST À CE *TEMPO* que bat mon cœur en plongée. Sur 20 mètres, une centaine de tonnes, dont plusieurs de graisse pour me tenir chaud, composent mon corps. On dit que je suis le plus grand animal ayant jamais existé sur terre, et ce ne sont pas mes trois cents fanons d'un mètre chacun filtrant ma nourriture qui prouveront le contraire. Pour diriger cette embarcation gigantesque, mon cerveau ne fait que quelques kilos, mais ça ne m'empêche pas de progresser à une vitesse de croisière de 20 kilomètres par heure sans jamais me perdre à travers les mers du monde.

Et puis, il y a mon cœur, un gros cœur. Cinq cents kilos. C'est sans doute cet organe dont les palpitations font circuler des milliers de litres de sang à travers mon organisme qui fait de moi une bête aimée des humains. Il est vrai que je ne ferais pas de mal à une mouche. Mes cabrioles hors de l'eau, mes attitudes spectaculaires, des milliers de touristes viennent les admirer chaque année là où je vis, dans le golfe du Saint-Laurent. Enfants ou adultes, tous hurlent à ma vue, damnés d'excitation, de frayeur ou de joie, et je ne peux m'empêcher de faire de nouvelles figures ni d'ajouter certains effets.

Si le bruit des moteurs a tendance à brouiller mes radars, je ne suis pas mauvaise bougresse et m'arrange toujours pour tomber à côté des bateaux et non sur eux. Leurs frêles barcasses, je pourrais les réduire en fétus, mais je préfère m'amuser et les amuser. Ils n'aiment que cela de toute façon, les humains : se divertir et surtout ne jamais prendre au tragique ce qui ne les concerne pas, quand bien même cela se passerait sous leurs yeux. Sinon, comment expliquer qu'ils me laissent m'asphyxier sans rien faire ? Je ne voudrais pas qu'on pense que j'aime me plaindre, mais il faut bien admettre que, depuis que j'existe, ma condition ne s'est pas franchement améliorée. Voyons les choses en face : je suis en train de disparaître. Ce qui m'attriste, c'est que je ne suis pas seule dans ce cas. Tous mes congénères marins, cétacés, poissons ou plancton remplissent chaque jour un peu plus les fosses communes que sont devenus les océans. Bientôt, à la surface, les seuls panaches de vapeur d'eau qui jailliront seront ceux laissés par des moteurs. Du bleu au-dessus, du bleu au-dessous et de misérables éclats de vie, pièces de musée rescapées du massacre. Rien d'autre.

Cela n'a pas toujours été comme ça. Avant que les humains ne décident de nous chasser, nous étions plusieurs centaines de milliers de baleines à croiser dans les mers du globe. Aujourd'hui, par suite d'une extermination méthodique, nous ne sommes plus que dix mille. Avouez que c'est cher payé pour des lampes à huile, des cosmétiques, des poudres aphrodisiaques ou je ne sais quelle absurde et insignifiante invention des humains. Les humains, inénarrables humains. De l'ouest, du sud ou de l'est, ils sont un jour venus pour harceler, harponner, dépecer, éviscérer des millions d'entre nous, laissant dans leur sillage des vagues d'horreurs, de sanglots et d'effrois. Car oui, nous ressentons. Oui, nous souffrons. Oui, nous parlons. Oui, nous vivons ! Voilà plusieurs siècles que cela dure, et nous ne savons pas jusqu'à quel point et jusqu'où ces êtres ivres d'eux-mêmes iront. Ils semblent sans limites et travaillent chaque jour à les repousser davantage. Ils pensent et se convainquent entre eux que cette chute sans fin dans l'abîme est une vertu ; alors, ils descendent plus vite. Une amie rescapée de leurs harpons, et qui avait cru bien faire en se réfugiant dans les mers froides du Grand Sud, m'a raconté que certains d'entre eux pensent que consommer nos os ou les ailerons de nos collègues requins donne l'énergie vitale suffisante pour bander sur commande et se reproduire frénétiquement. Il paraît que ceux-là sont jugés ignobles et barbares par d'autres. Ces mêmes autres dont les ancêtres ont consommé pendant des décennies l'huile issue de nos entrailles. Ces mêmes autres qui, il y a peu encore, s'étalaient des crèmes sur la peau en semblant ignorer qu'elles étaient faites avec notre lard.

Au fusil, au harpon, à la pique, nous avons été exterminés. Les bélugas ont été les victimes de techniques hideuses d'ingéniosité et de sadisme. Intelligents, nos cousins ont multiplié les adaptations pour tenter de sortir de ces situations mortelles, mais rien n'y fit.

On les a abattus depuis des canots à voile, on les a entraînés dans des eaux si peu profondes que, du haut de leurs barques, les humains les abattaient à la carabine. Leurs bourreaux construisirent des nasses dans lesquelles les marsouins entraient à marée haute sans pouvoir ressortir à marée basse. Ne restait aux humains qu'à se servir. C'est la même technique qu'ils utilisent aujourd'hui pour capturer les dauphins que l'on retrouve dans les parcs d'attractions pour enfants ignares et parents imbéciles aux quatre coins de la planète.

Un jour, on décida que les bélugas étaient dangereux car ils mettaient en péril la pêche des humains. Comme si des animaux mangeant quelques dizaines de kilos de poisson par jour concurrençaient des embarcations immenses. On les pensait fines gueules, les bélugas, amateurs de saumon et de morue, alors qu'ils se contentent en réalité du menu fretin. Mais comme l'humain ne supporte pas la concurrence des autres espèces, on lui donna plus de cartouches et plus de carabines. À ceux qui n'oubliaient pas de prendre leur arme quand ils partaient pêcher, on donnait une prime. Au bout de quelque temps, et après réflexion, les fusils, ce n'était pas assez. Il fallait faire plus efficace et rapide : on dépêcha des avions pour bombarder les animaux. Des années plus tard, d'autres humains se rendirent finalement compte que les bélugas n'étaient pas si dangereux et, partant, ils les laissèrent tranquilles. Tout juste vinrent-ils de temps à autre pour des visites de courtoisie consistant à leur tirer dessus parce qu'ils étaient de grands et courageux sportifs et surtout des amoureux éperdus de la nature et de la faune sauvage. Ils tiraient sur des bestioles sans défense, non par plaisir et goût du sang, mais pour réguler. Quand ils rangèrent leurs fusils, il n'y avait plus rien à réguler. Le mal était fait, et bien fait. Des bélugas, je n'en croise plus guère, éclats blancs dodus aux sourires et aux regards coquins qui promènent l'air désabusé et résigné des victimes ancestrales.

Avec nous, les grosses baleines, la pêche est plus compliquée, et nous ne sommes pas du genre facile à capturer. Là où je me trouve, plus personne ne vient pour cela, mais, ailleurs, nos qualités physiologiques ne sont rien face aux moteurs et à la technique. Les orques, les narvals, les requins ou même les dauphins – ces fusées de la mer – sont rattrapés par les humains. Alors nous et nos 100 tonnes, vous pensez... Une fois harponnées, nous plongeons le plus profondément possible dans le grand bleu et laissons une traînée carmin dans notre sillage en essayant de nous dégager. Au bout du fil qui nous relie à lui, l'humain reste stoïque. Il sait que nous finirons par remonter à la surface pour respirer. Il faut simplement que le grappin soit bien enfoncé et, une fois à l'air libre, on nous plante de nouveaux morceaux de métal dans la chair avant de nous tirer sur d'immenses bateaux et de nous dépecer. Ça sent le sang et la tripe avant même qu'on nous découpe. Je le sais, j'ai été sur le pont d'un de ces rafiots. Folle de rage et de douleur, j'ai réussi à me débattre comme une forcenée pour glisser de nouveau vers les profondeurs. Pendant des semaines, j'ai nagé difficilement en attendant de cicatriser, et je m'en suis miraculeusement sortie pour déboucher ici, dans ce que je croyais être un havre de paix où hommes et bêtes vivaient en harmonie.

Trois pulsations par minute

Décidément, on n'est jamais tranquille ! Avant de continuer cette histoire, je dois d'abord prendre le large et garder mes distances avec le golfe. Il n'y a plus de saison, ma bonne dame ! Malgré la glace épaisse qui se forme un peu partout, il se trouve toujours un bateau pour venir rompre nos siestes nonchalantes, nos repas ou nos rêveries ! Faut-il qu'ils s'ennuient ferme à terre pour venir nous tourmenter au milieu des mers ? Je ne les comprends pas. Au moins, quand on est sous l'eau, on ne risque rien. Il y a bien des prédateurs, mais il faut en vouloir pour chercher noise à une baleine, c'est moi qui vous le dis ! Même nos mâles nous parlent poliment. Le véritable danger, il est à l'extérieur. Dommage que l'on doive y puiser notre air ! La nature est mal faite et les poissons ne connaissent pas leur chance. Encore que... eux aussi finissent mal !

Tout finit donc toujours mal ? Sous les eaux, c'est pourtant tellement beau et pur : le calme, le frais et l'harmonie. Ce que j'aime dans la plongée, ce sont les différences qu'elle permet de vivre et d'observer. Plus on descend, plus on s'éloigne du soleil et plus il fait froid, tandis que le bleu se contracte pour devenir de l'encre. Eh oui, nous savons apprécier la beauté. Mais quoi ? Pourquoi faites-vous les étonnés ? Une baleine qui admire et contemple, est-ce si incongru ? Réfléchissez ! Qui vous a dit que c'est impossible ?

Des humains ? Mais vous commencez à comprendre que les humains ne sont pas des gens sérieux ! Enfin, reprenez-vous ! Comment croire ou faire confiance à ces animaux ? Une espèce venue jusqu'à nos abysses pour y semer la pagaille et la mort ? Vous faut-il d'autres exemples ?

J'ai perdu mon petit dans un filet de pêche. Il jouait comme un fou au milieu des morues, obsédé par le manège et le rythme de leurs parties de chasse. Alanguie par la fatigue que connaissent les mères, je surveillais mollement son manège. J'avais bien sûr entendu le bruit d'un moteur mais ne m'étais pas inquiétée outre mesure. Des bateaux, le golfe en était plein à cette période, et nous étions trop en profondeur pour en percuter un. Un long râle paniqué me sortit de ma léthargie : les rets s'étaient refermés autour de mon fils, qui se débattait et hurlait. Aliénée, je tournais autour du filet en l'appelant pour lui dire de se sauver mais je le perdis de vue. À l'intérieur, la cacophonie. Les morues paniquées nageaient en tout sens et tentaient de se faufiler à travers les mailles. Certaines y parvenaient, au prix d'efforts insensés, et détalaient dans une traînée d'écailles argentées. J'en ai vu mourir une fois sorties d'affaire ; noyées par leur évasion, leurs silhouettes remontaient vers la surface en tourbillonnant. Enfin, plein à craquer, le chalut a été arraché à l'océan et balancé sur le pont d'un bateau sur lequel officiaient des humains, ciré jaune sur le dos et couteau à la main.

Dehors, c'était la tempête. Des vagues immenses se fracassaient sur le pont, tandis que le vent hurlait sa révolte. J'observais le capharnaüm sans pouvoir rien faire d'autre que de plonger et sauter pour déstabiliser le bateau. Mes remous ne faisaient qu'ajouter de l'écume, qui se fendait sur les câbles du navire. Et celui-ci tenait bien la houle. Quand ils ont rejeté mon fils à l'eau, il était mort, épuisé d'avoir tenté de s'échapper et percé par plusieurs lames. Tandis que le courant portait son corps vers la côte, j'ai nagé autour de lui pour le protéger des requins, des poissons charognards et des mouettes. À force de dériver, nous nous sommes échoués sur une plage de galets. Les glaces commençant à se former, ma situation devint périlleuse et il me fallut l'abandonner aux nuées d'oiseaux, qui en voulaient à ses beaux yeux noirs et tristes. Quelques phoques venaient voir de leur démarche chaloupée de quoi il retournait, puis ils repartaient s'étendre sur la grève, à peine dérangés par le blizzard glacé qui fouettait leur couenne. Ils en avaient vu d'autres et en verraient davantage !

À chaque fois que la banquise gagne du terrain dans le golfe et au large de l'île de la Madeleine ou de la Nouvelle-Écosse, c'est la fin de la tranquillité pour les phoques. Des bonshommes, bridés ou rougeauds, arpentent les glaces, fusil ou gourdin à la main. Prenant des risques insensés, ils sautent de leurs embarcations et courent de glaçon en glaçon à la poursuite de phoques pataud qui, sentant le danger, fuient en se dandinant pour glisser vers un trou. Certains y parviennent *in extremis*. D'autres, malchanceux ou pas assez vifs, sont roués de coups. Au gourdin, on fracasse la boîte crânienne, le crochet perce ensuite la bouche, le museau ou la gorge. Ils sont ensuite tirés vers un bateau pour s'y voir délestés de leur peau et rejetés à la mer. Parfois, certains sont écorchés vivants. J'ai vu ces dépouilles sanguinolentes, brûlées par le sel et incapables de nager, couler en clignant des yeux, épouvantés, sans comprendre ce qui leur arrivait.

Deux oscillations par minute

Encore une plongée et, après, je dois manger ! Des jours que je cherche partout du krill, mais rien, nulle part. Je meurs littéralement de faim. De plus en plus faible, j'arpente les quelques zones que je sais normalement riches en plancton, mais il n'y a plus grand-chose à se mettre sous le fanon. Jadis, quand je remontais vers la surface, la gueule ouverte remplie de milliers de litres d'eau pour y filtrer ma nourriture, j'avais rarement de mauvaises surprises, mais, aujourd'hui, je dois parcourir des dizaines de kilomètres pour trouver ce dont j'ai besoin. Il faut dire aussi que j'évite à chaque fois l'embouchure du fleuve. Avant, c'était l'endroit rêvé pour faire bombance, mais plus rien n'est comme avant. Je vais finir par radoter... Un de mes semblables, un peu rossard, s'était obstiné à ne pas trop étendre son territoire de pêche. Il allait et venait sur quelques dizaines de kilomètres dans le golfe pour piocher sa provende et s'est empoisonné avec une matière transparente qui ressemble aux méduses mais ne se digère pas. J'ai vu des nuages entiers de ces bizarreries, colorées comme des coraux, dériver au large et plus au sud, dans les mers chaudes. Parfois visibles jusque dans les plus profondes fosses, ils sont surtout nombreux en surface ou entre deux eaux.

Si c'est plutôt joli à regarder, c'est ça qui a tué mon ami. Une fois ou deux, j'ai essayé de respirer à travers, mais mon évent s'est obstrué. D'habitude, je suis capable de remplir mes poumons en moins de deux secondes ; là, j'ai manqué de mourir asphyxiée, et on ne m'a jamais repris à ce petit jeu. Je fuis ces îles dérivantes, elles n'annoncent que du malheur. Et s'il n'y avait que ça… Faut-il donc que je me plaigne encore pour être enfin comprise ?

Par-dessus le marché, il y a les horreurs que les humains déversent dans les rivières en feignant d'ignorer qu'elles se jettent dans la mer. C'est toujours comme ça avec eux, ils font « comme si ». Comme si tout allait bien se passer, comme s'ils ne savaient pas, comme s'ils faisaient le maximum. Plusieurs fois par an, une marée kaki écœurante en provenance de leurs villes se répand partout à l'embouchure du fleuve. Des milliards de litres viennent souiller le grand bleu et semer la mort. Et que dire des immenses flaques noires nauséabondes sorties du flanc des bateaux échoués sur les hauts-fonds ou de ces plates-formes de métal et de béton effondrées ? Du feu en sort parfois, surmonté d'un nuage de fumée qui réduit toute visibilité. Ce qui ne me gêne pas a des conséquences pour les oiseaux, qui peinent à sortir de cette poix. Par dizaines, ils viennent s'engluer dans des nappes putrides. Autour d'elles, les humains s'affairent, car, rappelez-vous, il faut toujours faire comme si rien ne s'était passé, et donc effacer les traces. Il y a ceux dont les bras sont prolongés par de grandes lances pour arroser la mer en flammes, et ceux, vêtus de blanc avec un masque sur le nez. Ils extirpent de cette colle les animaux pouvant encore être sauvés et les nettoient patiemment. Mais j'ai compris, après toutes ces années de souffrance – la souffrance des êtres qui semblent être là pour satisfaire la voracité humaine –, qu'il faut beaucoup de bien pour effacer un peu de mal.

Pour couronner le tout, il y a aussi des poissons ou des crustacés qu'ils instrumentalisent et exploitent quand ils n'arrivent pas à prélever leur dîme en mer. Dans de grands bassins, qui ne sont ni plus ni moins que des cages aquatiques, des milliers d'alevins génétiquement modifiés deviennent le plus rapidement possible des poissons, bientôt vendus. Les malheureux nagent, si on peut appeler « nage » les mouvements désarticulés de bestioles serrées les unes contre les autres. Ils tentent de trouver un peu d'oxygène au milieu du tohu-bohu général. Pour les nourrir, on leur jette de la bouillie de viande ou de poisson dans lequel on a intégré des traitements pour que tant de promiscuité ne les rende pas malades. Quand il y a des trous dans les cages, les poissons d'élevage s'échappent dans les cours d'eau et mangent les petits poissons sauvages. On n'avait jamais vu un saumon en manger un autre, mais les humains sont tellement intelligents qu'ils sont devenus les prédateurs ultimes. Ils créent avec certains animaux des suppléants quand ils peinent à effectuer leur entreprise d'éradication. Le pire, c'est qu'ils ne savent pas ce qu'ils créent au moment où ils le font ; ils ne réfléchissent que pour corriger. Mais ils ne corrigent rien, jamais, bien qu'ils prétendent le contraire.

Un frémissement par minute

Quand je jette un œil en surface, tout semble mort. J'ai beau remonter de plus en plus souvent, je n'arrive plus à respirer normalement. J'erre à travers le golfe en quête de nourriture et d'un air moins vicié, mais plus rien n'entre dans mon estomac et mes poumons. L'eau est devenue trop chaude, et les algues nourries aux engrais chimiques des cultures humaines prolifèrent. Ce sont elles qui pillent les réserves d'air des océans et provoquent notre extinction. Ces longs filaments verdâtres se marbrent de noir puis de rouge et meurent en stagnant sur les côtes et en stockant l'oxygène. Et je sais que nous irons bientôt les rejoindre.

Une dernière inspiration, et puis plonger, encore, pour trente minutes ou plus. Je repense aux rayons du soleil mâtinés d'écume, aux vagues immuables, aux bancs de krill fluorescents et aux myriades de poissons. Je repense aux chants des animaux marins qui coloraient nos plongées, prévenaient des dangers ou égayaient nos solitudes. Je revois cette concentration de vie qu'était l'océan, la matrice du monde, et je peine à croire qu'un misérable ver sorti de ses entrailles ait pu, au fil des millénaires, devenir assez puissant pour tout exterminer.

N'allez pas croire que je haïsse les humains. C'est juste que la plupart de ceux que j'ai rencontrés étaient méchants, ce qui n'est pas forcément grave, parfois cruels, ce qui est plus embêtant, et surtout indifférents, ce qui est catastrophique. Si seulement vous pouviez entendre ce que j'ai à vous dire... mais vous ne le pouvez, c'est là le drame. Je ne suis qu'une bête et rien qu'une bête. Une bête, comme vous.

Plus aucun battement
— “Si seulement nous comprenions ce que les animaux ont à nous dire... Si chacun descendait de l’Olympe de sa petite personne pour essayer de regarder ce qui ne tourne pas rond dans sa façon de vivre. Pourtant, nous savons... Mais est-ce que savoir suffit ? Faut-il seulement souffrir pour comprendre. Faut-il que beaucoup meurent pour que nous changions ? Je n’en crois rien.” Mesdames, Messieurs, chers auditeurs de Radio Canada, c’est par ces mots que nous vous annonçons une terrible nouvelle. Louis Archambault, océanographe québécois mondialement connu, écologue de la première heure et chroniqueur adulé de l’émission “Une voix pour sauver la planète” sur la première chaîne, a été retrouvé mort à son domicile du Petit Laurier, à Montréal. Il s’est donné la mort en se tirant un coup de fusil à harpon en travers de la gorge. La chronique que vous venez d’entendre a été retrouvée sur l’ordinateur du défunt. Il aurait dû en faire lecture au cours de l’émission nocturne mensuelle qu’il tenait depuis plusieurs décennies. Nous adressons toutes nos condoléances à sa famille et à ses proches, et nous assurons à nos auditeurs que la mémoire et l’œuvre de Louis Archambault perdureront. Pour terminer sur une note moins tragique, et parce que la vie continue, je vous propose maintenant de retrouver Daniel Lepage, qui a délocalisé son bulletin météo à Gaspé... Bonjour Daniel ! Alors, étonnamment, beaucoup de soleil et de la chaleur en ce mois de mars malgré quelques fortes pluies. Alors, allons-nous pouvoir sortir les barbecues plus tôt que prévu cette année ?

« Quand un homme est attaché à ce monde par des liens aussi forts que ceux qui m'y retiennent, il est bien dur pour lui de mourir avant sa fin naturelle. Mais le sacrifice n'est pas aussi pénible qu'on pourrait le croire, quand on n'a pas considéré sa mort très prochaine. Plus nous pensons que la mort est proche, moins nous trouvons dur de mourir, et plus nous nous sentons résignés à notre sort. »

CHEVALIER DE LORIMIER, *15 février 1839*,
Lettres d'un patriote condamné à mort,
Comeau & Nadeau, 2001, p. 47.

LA GEÔLE

Prison du Pied-du-Courant ~ Montréal

14 février 1839, 9 heures du soir

DEMAIN, MES PIEDS se balanceront par une trappe ouverte sur un tapis de neige. La tête reliée à un poteau par une corde, mon visage bleuira. Je tirerai sans doute un peu la langue de douleur et de rage, d'autant que les flocons sur mon visage n'apaiseront pas mon mal. Cela m'apprendra à avoir des convictions. Ou des rêves. Toi qui liras ces lignes, ne me juge pas sévèrement. J'ai vécu comme je l'ai voulu et meurs comme je le dois, pendu, mais comme je l'espérais, libre.

Peut-être que mon destin m'orientait depuis ma plus tendre enfance vers ce jour fatidique. Mon voisin, François-Marie-Thomas-Chevalier de Lorimier, sera aussi du macabre cortège, et je souffre pour lui. Une femme et trois enfants qu'il laisse derrière lui sans ressources et avec, peut-être, la rancœur d'avoir été sacrifiés pour un idéal. Moi, ce n'est pas pareil : mon père est parti il y a longtemps et ma vieille mère peut-être aussi à l'heure où j'écris ces lignes. Elle qui savait ce que j'allais faire avant même que je le fasse et qui n'a pas été étonnée de me voir prendre la mer. Alors qu'en France nous étions incapables de nous remettre d'avoir coupé la tête d'un roi et de sa femme autrichienne, ni d'avoir exilé l'Empereur, il m'a semblé à l'âge d'homme que la véritable action se déroulait de l'autre côté de l'Atlantique. De l'autre côté de la mer, les descendants de Français arrivés deux siècles plus tôt commençaient à s'insurger contre les injustices des Anglais venus en 1760. Ceux qui s'appelaient alors les Canadiens se battaient comme ils le pouvaient pour gagner le droit de penser, parler et vivre pour et par eux-mêmes. En échange, ils n'obtenaient que mépris, brimades et violences.

Je divague. Toi qui tomberas sur ces lignes, pardonne leur style abrupt et compliqué. Laisse-moi le temps de te raconter cette terre de glace, de neige et d'eau, laisse-moi le loisir de t'en conter l'histoire, pour laquelle j'ai sacrifié la mienne. Quand tu trouveras ce tas de feuilles, qui consignent les dernières heures d'un condamné, fais-moi plaisir, lis-les et partage-les ! Pas pour moi, pour eux, les Patriotes.

Dix heures du soir

Je suis né en 1810 sur les bords de la Seine, à un jet de pierre des gargouilles grimaçantes de Notre-Dame. Ma mère passe alors ses journées à élever une marmaille bruyante tout en évitant le curé qui s'est donné pour vocation de convertir les païens que nous sommes, partisans de la Réforme arrivée de Suisse. Mon père, lui, est un modeste commerçant de cuir, qu'il vend essentiellement au marché des Halles où je l'accompagne régulièrement. Au fil des ans, ses affaires deviennent meilleures et, comme je montre quelques aptitudes, un certain culot et une loyauté à toute épreuve, il me forme pour prendre sa suite.

Mais l'odeur de la poudre étant la plus forte, je prends part à la révolution de Juillet. Après quelques batailles mémorables, je suis nommé officier, à 20 ans à peine. Les années passent, je me bats moins souvent, mais toujours avec fougue, et puis arrive 1838. Je viens d'avoir 27 ans quand je débarque à New York, officiellement pour dégoter de nouveaux fournisseurs, officieusement pour rejoindre les Patriotes. Le défi qui s'annonce est immense. Ils ont besoin de soutien ; l'année qui s'achève a été catastrophique pour eux. Pourquoi diable une telle rébellion, te demandes-tu ? Je vais faire un peu d'histoire...

En 1774, après l'indépendance des États-Unis, les Anglais, pour calmer l'amertume des Canadiens français et éviter une nouvelle perte coloniale en Amérique du Nord, décident de relâcher un peu la pression. Ils signent donc l'Acte de Québec afin d'abroger le Serment du test, qui obligeait notamment les Canadiens français employés par l'administration à renier la religion catholique pour embrasser le protestantisme. En 1791, la Révolution française bat son plein, et l'idée de démocratie émerge et gagne peu à peu les froides contrées canadiennes. Pragmatiques, les Anglais tempèrent les velléités démocratiques : ils créent deux parlements (pour le Haut- et le Bas-Canada) mais maintiennent leur domination et conservent le pouvoir exécutif. Alors même qu'il y a 500 000 francophones contre 75 000 anglophones, et que ces derniers décident de tout, les choses semblent se tasser.

15 février 1839, minuit

Je reprends mon épître après avoir partagé mon ultime souper avec mes camarades de prison. Tous n'étaient pas à la fête, ils prenaient des airs lugubres et contrits, et il a fallu crâner deux fois plus pour leur donner un peu de cœur. Car, après tout, ce ne sont pas eux qui vont mourir ! C'est de Lorimier et moi ! Et je ne les laisserai pas me voler ma mort ! Mais où en étais-je… Ah, oui, l'Indépendance ! À partir de 1816, plusieurs nations l'obtiennent en Amérique du Sud ou en Europe, alors certains Canadiens français se prennent à rêver : pourquoi pas eux ? L'idée fait son chemin jusqu'à ce qu'en 1826 Louis-Joseph Papineau prenne la tête du Parti canadien rebaptisé Parti patriote. Ce parti remporte les suffrages, les attentes grandissent tandis que les besoins restent immenses. Les crises agricoles se succèdent des années durant et plongent le peuple dans la misère et la faim. Certains paysans sont même expropriés, et les millions d'acres de terres vacantes sont donnés à de riches Anglais. Comme s'ils n'avaient pas déjà assez ! McGill, Molson, Frobisher et d'autres charognards s'arrangent pour faire partie du lot. Si les récoltes sont mauvaises, la crise est contrebalancée par l'essor du commerce des fourrures et du bois, mais ces profits vont aux commerçants britanniques de Montréal et de Québec. Les loufiats cultivateurs peuvent bien crever, on ne leur donne rien.

Au Parlement, Papineau a la majorité des sièges, mais c'est la bourgeoisie qui a le pouvoir au conseil exécutif. Tous les ans, de nouveaux arrivants en provenance d'Angleterre viennent tenter leur chance aux Amériques, appuyés par la Couronne qui veut submerger définitivement l'îlot francophone sous la mer anglophone. En 1834, Louis-Joseph Papineau rédige quatre-vingt-douze résolutions qu'il adresse à Londres. Parmi elles, on réclame un meilleur contrôle des lois, une plus grande représentativité francophone dans les institutions et plus de démocratie. Trois ans après, la réponse tombe nette : non. À tout ! Aux quatre-vingt-douze résolutions, on répond par dix résolutions de Russell, et c'est le début des assemblées de protestation.

Une heure du matin

Le rat qui nous empêchait de dormir depuis une semaine dans notre cellule vient de montrer le bout de son museau et j'aimerais le capturer pour l'offrir en cadeau à mon compagnon. Ça lui ferait une douce compagnie. Pauvre bestiole, elle aussi doit avoir froid, perdue dans les trous de ces murs de pierre. Je tente une approche et, finalement, le regarde repartir par là où il est venu. Libre rat. J'aimerais être comme lui. Pas parce que c'est le sobriquet humiliant dont nous affublent les Anglais, mais pour sa vivacité, sa force, sa résistance.

Résistance. En octobre 1837, de grands rassemblements ont lieu dans le Bas-Canada et au village de Saint-Charles ; Papineau appelle à gagner l'indépendance par les urnes, tandis que Wolfred Nelson appelle à prendre les armes. L'Église catholique, acoquinée avec le pouvoir en place comme à son habitude, exhorte ses ouailles indépendantistes à renoncer à leur noir dessein. La colère est trop forte, on fait fi des curés, et les femmes jettent dans leurs marmites les cuillères en étain pour fondre des balles. Le 23 novembre, les Patriotes remportent une magnifique victoire à Saint-Denis, mais deux jours plus tard, c'est une terrible humiliation à Saint-Charles. Le 5 décembre, la loi martiale entre en vigueur et, neuf jours après, la bataille de Saint-Eustache sonne le glas de la première rébellion des Patriotes. Les Anglais, pour faire comprendre aux résistants ce qu'il en coûte de s'opposer à la Couronne, pillent, brûlent et violent.

De longs mois s'écoulent. Le peuple panse ses plaies. Ses chefs les plus compromis se sont réfugiés aux États-Unis ; il y a là Papineau, O'Callaghan, Desmary et Davignon, entre autres. Robert Nelson, cadet de Wolfred, les rejoint pour relancer la machine. Avec l'argent de sympathisants américains, il achète des fusils, un canon ainsi que des munitions. Puis, il recrute quelques officiers séduits par la cause. Je suis l'un d'eux et embarque avec plusieurs aventuriers français, polonais et américains sur une goélette. Le 3 novembre 1838, nous débarquons à Napierville, où l'accueil est merveilleux. Nelson harangue la foule, comme à son habitude. Langue bien pendue, mais hélas pas assez de ventre pour la soutenir. Il avait déjà donné de la voix neuf mois plus tôt en faisant lecture de la déclaration d'Indépendance, réclamant la séparation de l'Église et de l'État, un droit de presse absolu, l'égalité des langues et le respect des Autochtones. Ces beaux souhaits avaient été balayés en quelques heures par l'arrivée des soldats anglais, suivie de son exil forcé aux États-Unis.

Nelson tient à prendre sa revanche. À Napierville, quand on le proclame président de la République, il exulte intérieurement même si la tâche à accomplir est immense. Les renforts affluent ; il faut nourrir et discipliner toutes ces recrues. C'est en tant que brigadier général que je prends les choses en main. Nous voilà à la tête de plus de deux mille hommes : deux à trois cents ont des fusils à pierre qui ratent souvent, les autres se partagent faux, haches fourches et bâtons. Avec cette troupe mal entraînée, j'ai parfaitement conscience que notre tâche sera difficile face à l'armée la plus puissante du monde. J'apprendrai que parfois, souvent, le courage ne suffit pas.

Deux heures du matin

Pardonne-moi ces longues envolées ! Il me semble essentiel que tu comprennes ce qui m'a précipité dans ce cachot. Tout ceci s'est passé en quelques jours, une semaine pour être exact. Une semaine à l'air libre et trois mois en prison, voilà à quoi aura ressemblé mon aventure. Dans cette histoire, rien ne nous a souri ; nous avons été abandonnés par le sort et par tous, à commencer par Dieu, qui, définitivement, n'existe que pour les vainqueurs.

Le 6 novembre, par un concours de circonstances, notre convoi de ravitaillement tombe dans une embuscade sur la rivière Lacolle. Encerclés, nos camarades fuient en laissant sur place nos armes, qui tombent aux mains des Loyalistes. Deux jours plus tard, nous marchons vers Lacolle, décidés à récupérer notre bien, mais l'ennemi s'est retranché plus loin pour laisser le temps aux renforts anglais d'arriver. C'est donc à Odelltown que nous débarquons, prêts pour la guerre, mes six cents hommes et moi. Nous sommes supérieurs en nombre mais les armes nous manquent et, dès les premières escarmouches, le canon qui nous a été dérobé fauche impitoyablement nos rangs. Pris de panique, certains camarades ouvrent le feu avant d'être à portée de l'ennemi et gâchent nos précieuses munitions. À l'abri dans l'église du village, Loyalistes et Volontaires ne font pas la même erreur et nous grêlent de balles à bonne distance. Réfugiés dans les granges voisines d'où nous tirons à l'aise, nous sommes délogés quand l'adversaire incendie les toits de chaume et qu'arrivent les renforts anglais. La bataille fait rage quelques dizaines de minutes puis de longs cris retentissent : « Nous sommes perdus ! », « Où est Nelson ? ».

En vain, nous appelons Nelson. En vain, nous cherchons Nelson sur le champ de bataille pour prendre ses consignes. Le fourbe a déserté pour sauver sa peau. De l'autre côté du champ, je harangue les troupes : nous devons tenter une ultime percée. Mais nous sommes repoussés par plusieurs salves. Nous comptons nos morts, et puis c'est la débandade. Avec certains, je prends la direction de la frontière américaine dans l'espoir de recouvrer des forces avant de repartir au combat.

Mais à l'arrivée, nos groupes sont cueillis comme des fleurs et jetés en prison ou déportés en Australie.

Sept jours auparavant, à quelques kilomètres de là, Nelson brandissait fièrement le drapeau de la rébellion. Une semaine plus tard la défaite est humiliante. Nos officiers sont tous morts, en fuite ou prisonniers. L'ennemi, dirigé par le général Colborne, surnommé « Le diable » tant sa cruauté est sans limites, a gagné la partie et s'avance sur toutes les routes avec la plus grande troupe vue au Canada depuis 1760. En janvier 1839 je passe devant le tribunal et suis condamné à mort. L'historique s'achève là.

Quatre heures du matin

Si nos chefs au moins avaient été à la hauteur de nos espérances ! Eux aussi déçoivent ; le pouvoir déçoit toujours. Ceux qui le perdent, le lèguent, le cèdent ou le concèdent, comme ceux qui le conquièrent et l'exercent. Enfin, tout de même, fuir comme tous l'ont fait ! Partir aux États-Unis en laissant derrière les braves combattants comme ultime bouclier ! Sauver sa peau absolument, voilà ce qui comptait. Qu'importe l'abandon de ceux qui nous ont fait confiance ! C'est pour cela qu'au cours de mon procès j'ai été virulent à leur endroit, enragé de m'être laissé berner par leurs discours.

Je ne mérite pas la potence, petit Français venu par imprudence sur les terres canadiennes mener un combat qui n'était pas le sien. Et tout ça pour qui ? Pour Papineau, pour Nelson... Des lâches qui nous ont traités comme des chiens, convaincus que leur vie valait mieux que celle d'un peuple. Quelle vie vaut plus qu'une autre ? Pourquoi celle de ceux qui sont capables de discourir et de manier le stylo a-t-elle davantage de poids que celle des vachers et des laboureurs ? Et moi, pourquoi dois-je donc souffrir cette injustice ? Moi aussi, je suis capable de manier le stylo, aussi bien que l'épée ! Je vais pourtant mourir, et eux feront des grands-pères adulés. Des rues porteront leurs noms alors que personne ne se souviendra de mes camarades pendus et de moi. Quelle injustice ! Non, je ne renie rien de ce que j'ai pu dire. Mourir pendu, étranglé par une corde en chanvre... Un long frisson me dévore les entrailles et je m'accroche à ce morceau de papier pour ne pas chanceler. J'ai peur. Mon Dieu, si vous existez, ayez pitié... Sauvez-moi !

Cinq heures du matin

Voilà des heures que je gratte en tout sens les feuillets que l'on a bien voulu me laisser, et j'arriverai bientôt au bas du dernier. Je vais maintenant tenter d'être bref et précis. Tout à l'heure, peu après minuit, en écoutant les cloches de la basilique Notre-Dame de Montréal, j'ai voulu m'assoupir. Vu l'état d'épuisement dans lequel je me trouve, j'espérais secrètement ne jamais me réveiller. Mais mon camarade de cellule avait tellement froid que je me suis vu dans l'obligation de lui donner ma couverture. À présent, la plume gratte facilement le papier et je ne sens plus la fatigue. Peu me chaut d'arriver fiévreux au bas de l'échafaud, une douce chaleur m'envahit et je ne ressens presque plus le froid. Est-ce le plaisir de rendre service à quelqu'un ou le fait que je sois roué de fatigue qui a tué toute sensation ? Qu'importe, il faut me hâter de vivre le plus intensément possible le temps qu'il me reste. Vingt-huit ans, c'est un peu tôt pour mourir.

Six heures du matin

Nuit funèbre, veillée d'armes qui va me mener aux portes de la lumière. Bientôt, je vais livrer le dernier combat, que je sais perdu d'avance, et m'y prépare sans aigreur. Je viens de relire mes pensées de ces dernières heures, et j'ai honte de ce que j'ai trouvé griffé sur le papier. Je vais te le laisser tel quel, toi qui liras ces lignes, pour que tu comprennes la petitesse et la volatilité des sentiments humains. En définitive, je ne regrette rien de ce que j'ai fait. Jamais je n'ai été forcé par qui que ce soit à prendre les armes pour combattre aux côtés de mes lointains cousins du froid.

Tout à l'heure, j'avais peur. La belle affaire ! Maintenant, je suis hanté par la honte. En jouant le renégat, j'ai traîné dans la boue la dignité de mes camarades et surtout j'ai nui à mon âme et à la pureté de mes actes. Puissent mes mots prononcés au tribunal être gardés, pour que, une fois la victoire de mes frères avérée, ils soient ressortis des coffres. Les enfants du Bas-Canada verront qu'il faut combattre la peur de mourir et la tentation de croire que sa vie est trop importante pour ne pas être sacrifiée. Mon honneur, c'est mon compagnon d'infortune, de Lorimier, qui, à l'heure qu'il est, pleure ses enfants et sa femme. Ma gloire, ce sont mes trois autres frères de gibet, Amable Daunais, Pierre-Rémi Narbonne et François Nicolas que j'aurai la fierté d'accompagner dans la mort. J'ai eu raison de combattre avec eux, et je les implore de pardonner ma veulerie. Si tout l'explique, rien ne l'excuse. J'ai confiance pourtant. Je sais que même les braves connaissent leurs déserts, que les héros ont sondé le fond de leurs âmes, qu'ils y ont vu le pire. Nul n'est pur et libre comme le fleuve que j'entends charrier les glaces de l'autre côté du mur.

Sept heures du matin

La lumière blanche traverse ma cellule. Bientôt, je devrai me lever. La chandelle est mouchée, morte depuis belle lurette. J'ai écrit au jugé, cn calant ma feuille à plat sur mes genoux, près de la grille de la cellule qui donne sur un couloir glacial. À son bout, un soldat en rouge réchauffe son dos près d'un poêle qui brûle en permanence pour éviter que les murs de cette prison neuve ne se gâtent. Car il y a beaucoup de rats à emprisonner, beaucoup de rebelles à expédier en enfer ! Le bout de mes doigts est noir et j'ai les lèvres violettes. Depuis une petite heure, je claque des dents et souris niaisement en songeant que ces considérations n'ont plus grande importance. Bientôt, je n'aurai plus mal ni aux doigts ni aux dents.

Huit heures du matin

La peur revient. Je pensais que c'était le froid qui me glaçait les os, c'est en fait une terreur irrépressible qui me parcourt l'échine. Drôle de chose que le courage et sa jumelle la peur : ils arrivent puis repartent sans crier gare. En trinquant tout à l'heure avec mes amis de geôle, je me suis retenu d'éclater en sanglots. La panique m'a envahi, et j'aurais sans hésiter donné ma place à n'importe qui. Mais j'ai trouvé la force de me retenir en regardant de Lorimier dont le visage cireux ne laissait rien transparaître. Sa pauvre femme en larmes s'est, paraît-il, évanouie au moment de leurs adieux. C'est de Lorimier qui l'a portée dans ses maigres bras jusqu'aux amis venus le visiter en sa dernière journée. Pauvre de lui. Obligé de quitter sa famille... Mis à part quelques psalmodies catholiques, je ne l'entends pas gémir ou crier. Le courage de cet homme est hors normes.

Neuf heures du matin

La neige tombe sur Montréal et, curieusement, je préférerais mourir au soleil. La sensation de sa chaleur sur ma peau transie depuis les dernières semaines m'apporterait sans doute un grand réconfort avant de passer de l'autre côté. Ou peut-être qu'à la morsure de la corde autour de mon cou cela aurait ajouté une brûlure intense de devoir renoncer aussi à cela, cette douce sensation comme dernier souvenir de la vie. Un souvenir invivable.

On vient de cogner plusieurs fois à la porte. Il est l'heure de gagner la potence, qui tend ses cinq bras battus par le vent. Il me reste quelques minutes pour dire une prière et mes derniers mots à qui je souhaite. Mais il n'y a que toi, mon cher ami, lecteur de ces ultimes phrases.

À l'article de la mort, à l'endroit des vivants, plus qu'un conseil : je veux te mettre en garde.

Tu verras, mon ami, on va te discréditer pour ta violence, pour ton extrémisme, pour tes façons brutales, et l'on fera mine d'être effrayé en implorant le retour au dialogue. On t'humiliera quand tu pleureras et on te demandera, poliment bien sûr, de continuer de ramper en t'expliquant qu'être à genoux est la position la plus enviable qui soit. Quand tu grogneras, on te matera pour que tu te tiennes bien sage, bien civilisé dans ton chenil avec tes congénères ! À la niche, le manant ! Au cachot, le délinquant ! Ceux qui sont parvenus aux étages supérieurs à force de courbettes tiendront sur toi des discours convenus. Oubliant que leur père ou leur mère ont été de ta classe, de serviles intellectuels te prendront de haut, boursouflés de savoir, couards incapables de mettre leur peau en jeu pour leurs idées.

Rappelle-toi, ami, que le pouvoir fait son lit sur l'impréparation, les querelles internes et la dérogation aux principes premiers. C'est notre échec : nous étions médiocrement unis, peu prévoyants, peu vigilants et indiscutablement naïfs. Cela dit, ce n'est pas une raison pour refuser de se battre ; l'ennemi, lui, exerce l'art de la guerre depuis si longtemps que c'est devenu un réflexe pour lui. Se forger une âme insoumise exige du temps, de la conviction et beaucoup de coups. Tu verras : on te donnera des leçons sur la façon de combattre mais, la plupart du temps, ceux qui le feront n'auront tout simplement jamais versé la moindre goutte de sang. Ignore ces pleutres !

Ils sont habitués à busquer l'échine devant leur maître, ravis d'être coincés dans ses rets, contre de l'eau et du pain chaque jour. N'oublie pas qu'en t'engraissant, ils t'affaiblissent, que le confort est dangereux et qu'il vaut mieux être maigre et léger pour passer entre les mailles. N'écoute rien ni personne, à part ceux qui t'aiment. Invente ton chemin et apprends, lis et cultive-toi pour comprendre où est l'injustice et comment gagner le droit d'être libre et celui de le rester ! Et risque-le, ce droit, c'est ton devoir ! La guerre se prépare, et le temps est l'allié des opiniâtres et des ambitieux.

Enfin, je t'adjure de ne pas oublier que rien, jamais, n'est donné à ceux qui quémandent du bout des lèvres. Pour être écouté, il te faut y aller à coups de masse, et pour être entendu, tu dois hurler des paroles sensées. Ne te préoccupe pas de ceux qu'outre un éclat de voix, ils feignent d'ignorer que les plus grandes violences se font dans le silence des cabinets, sous le crissement des plumes sur le papier. Quand on veut rayer de la carte une nation, on ne le hurle pas, on le chuinte. Méfie-toi enfin de ceux qui disent se battre pour toi. La plupart du temps, ils servent leurs intérêts et vérifient que leur auge est pleine avant de te servir. Celui qui ferraille vraiment en ton nom, n'aie crainte, tu le reconnaîtras bien assez tôt, c'est à tes côtés qu'il se tiendra. Peut-être même qu'un jour, ce sera toi, le chef. Et si tu t'en sens l'âme, alors, fonce et ne lésine pas !

— Charles Hindenlang, sortez de votre cellule !

Adieu, l'ami ! On va me pendre.

« La vie m’amène
À la vieillesse

Mes jambes fatiguées
Continuent

J’avance
Un pas
Un autre

Je suis l’enfant
Des premiers pas

Le matin se lève
Je marche. »

Joséphine BACON, *Uiesh, Quelque part*,
Mémoire d’encrier, 2018, p. 74.

L'INUITE

Kangiqsujuaq ~ Nunavik – Nord-du-Québec

La langue râpeuse du chien passe et repasse sur le visage tuméfié, efface les traces de sang, apaise les douleurs et détend la peau d'Annissee. Elle gît dans la baignoire, le cordon de douche autour d'un poignet. Le pommeau a été arraché du tube pour qu'elle puisse se défendre, mais sa défense s'est retournée contre elle. Des coups particulièrement violents. La lèvre est fendue méchamment et deux nouvelles dents sont cassées. Pour le reste, du classique : les cercles autour des yeux avaient à peine eu le temps de jaunir, les coups de poing ont remis un peu de noir là-dessus. Le corps est rompu, teinté d'hématomes, sur les seins, les bras et les cuisses. Même le ventre a pris des coups de pied.

Tout est parti d'une gifle, suite à son refus d'accomplir le devoir conjugal, et puis ça a été le déluge. Josh y est allé encore plus dur que d'habitude. Il faut dire qu'il en tenait une bonne quand il est rentré à la maison. Trouver sa compagne allongée et habillée sur le lit en train de lire l'avait profondément agacé. Le problème avec les hommes qui s'ennuient, c'est qu'ils ne savent pas quoi faire de leurs mains. Qu'ils se masturbent n'est pas un problème, qu'ils se saoulent jusqu'à en crever, non plus. Qu'ils le fassent à en faire crever les autres l'est davantage. L'alcool rend fou, surtout au Nunavik à cette période de l'année. À 2 heures de l'après-midi, il fait déjà nuit noire mais personne n'est fatigué. Il faut donc meubler les longues heures et oublier l'absence du soleil en se réchauffant les boyaux avec de la bière ou du bourbon. Annissee aussi fait ça régulièrement, sauf qu'elle tient mieux l'alcool que son ivrogne de compagnon. Et surtout, elle n'a pas besoin d'être violente pour se faire comprendre ou respecter. Elle braille un peu, bien sûr, mais les cris ont-ils déjà tué quelqu'un ?

Ça va mal. La main d'Annissee tente de repousser la gueule chaleureuse du chien qui geint d'inquiétude, mais le poignet peine à répondre. En s'appuyant sur le plastique de la cuvette, elle ne peut réprimer un cri de douleur. L'articulation a triplé de volume, et son genou fait des embardées. De l'autre côté de la porte, effondré sur le lit, les jambes touchant le sol, Josh ronfle.

Annissee est enfin debout. Des taches évanescentes plein les yeux, elle tangue et s'amarre au rideau de la douche sur lequel sont imprimés des pingouins et des Eskimos rieurs sur leurs traîneaux à chiens. Elle halète, la cage thoracique semble enfoncée tant elle chuinte d'une drôle de manière. Par spasmes, elle colore la baignoire de glaviots sanguinolents mêlés aux reliefs du dernier repas, ses douze bières quotidiennes qui titrent huit degrés. Finalement, elle arrive à sortir de la salle de bains.

Ses pieds raclent le sol, elle traverse la chambre, qui résonne des grognements de Josh, enfile sa paire de bottes fourrées et ouvre enfin la porte.

Le vent souffle à épiler les ours blancs. Les bourrasques pleines de grésil n'ont jamais empêché Annissee d'allumer ses cigarettes, et ça n'est pas aujourd'hui que ça va commencer. En se redressant après avoir enflammé sa tige, elle tousse un peu, crache puis se dirige vers le dépanneur le plus proche, le chien sur les talons. Son pas traînant creuse une coulée sur la neige qui sera certainement recouverte quand elle prendra le chemin inverse, dans moins de cinq minutes. Buck, comme le héros de Jack London, dont Annissee a lu tous les livres, lui mordille gentiment les doigts. La distance paraît interminable jusqu'à la bâtisse en préfabriqué surmontée d'une enseigne rouge fluorescente. Ça tangue à cause des bourrasques qui cinglent le visage et même Buck, malgré ses longs poils, plisse les yeux. Annissee fixe le bout de ses bottes sans prêter attention au décor qui l'entoure : rien n'y vaut la peine d'être regardé. Des chemins tracés à la motoneige, d'où germent quelques canettes jetées par les buveurs, serpentent entre les bâtiments hideux dont on a, de l'intérieur, renforcé l'isolation avec des sacs plastiques. Il y a bien la baie, mais d'ici elle est masquée par l'aréna de hockey – du béton brut sous un toit de métal.

Cette semaine, le rayon bières du dépanneur est étonnamment vide, mais en farfouillant de-ci de-là Annissee déniche quand même ce dont elle éprouve le besoin. Après avoir payé, elle salue Dan, le propriétaire, un Blanc évidemment. C'est le seul type qui arrive à garder un commerce à peu près présentable dans ce fichu village. Certains Inuits ont bien essayé de tenir boutique, mais tous ont fini par baisser le rideau, ruinés d'avoir bu ce qu'ils avaient à vendre, ou d'avoir fait crédit à des ivrognes incapables de rembourser le moindre dollar.

— Il n'y a que les Blancs ou les Chinois pour faire de l'argent ici. Ils ne viennent d'ailleurs que pour ça. Les affaires sont bonnes pour les marchands de tabac et d'alcool. C'est que nous, les Inuits, sommes de sacrés consommateurs et craignons assez peu pour nos poumons et nos entrailles !

Il y a longtemps qu'Annissee ne parle plus qu'à son chien. Des amis, elle n'en a plus dans sa communauté. La plupart sont morts, les autres ont fui vers les villes. Il y a bien quelques connaissances avec qui elle pourrait partager des moments, mais pour dire quoi ? Que la vie est dure ? Ils le savent, ils la vivent. Alors Annissee préfère échanger avec Buck, qui se montre toujours attentif.

— Grâce à notre descente, Dan a reçu les compliments et le prix de la brasserie Molson : la meilleure vente de bière du nord du Québec. Pourtant, la concurrence est rude entre les villages. Il fallait le faire ! Pour nous remercier de notre fidélité, il a fait 50 % de remise sur le deuxième pack de Molson acheté. Cette nuit-là a été la plus longue et la plus bruyante que le village ait connue. De mémoire d'Inuit ! S'il existe encore des Inuits n'ayant pas trop bu pour garder une mémoire ! Ha ha ha ! Hein, mon chien ?

À part le dépanneur, les seuls Blancs qui se sont aventurés ici sont les marchands de peaux, puis les curés venus évangéliser les bourrasques, baptiser les glaçons et construire des églises. Depuis quelques mois, une équipe d'enseignants, retraités ou en formation, vient par alternance faire la classe à des gosses turbulents qui préfèrent jouer dehors qu'ânonner leurs leçons dans une école surchauffée.

Annissee a toujours aimé l'école, c'est pour cela qu'on plaçait de grands espoirs en elle. « Elle a les capacités pour aller au CÉGEP où elle fera des merveilles », assurait l'instituteur, un brave métis né d'une jeune Inuite et d'un explorateur à skis qui avait fini par retourner chez lui auprès de sa blonde. Annissee travaillait dur pour réussir, et elle réussissait. À 16 ans, elle s'apprêtait à partir pour la grande ville, le secondaire puis le CÉGEP et l'université… Le sort en décida autrement et prit l'habit de Red Cloud, un beau jeune homme en feu qui mit les projets d'Annissee en attente grâce à une cour de prince. Il lui donna tout : ses livres, ses barres chocolatées et ses poèmes, spécialement écrits pour elle et qu'il lui hurlait comme un coyote fou les soirs de tempête.

Ça faisait rire Annissee à l'époque et, le long de la route qui la ramène de l'épicerie, le ventre en marmelade et le poing serré sur sa poitrine, la voilà qui beugle aujourd'hui le poème que Red Cloud lui avait déclamé avant de lui chuchoter qu'il l'aimait. Il faisait presque chaud ce jour-là et les deux tourtereaux se pensaient en septembre, avant la rentrée des classes, au bord du Saint-Laurent :

Mon cœur est à l'amour ce qu'est la feuille à l'arbre,
Il bourgeonne au printemps et périt dès l'automne,
Il est parfois ardent, parfois le vulgaire marbre
De ces palais éteints dont la froidure résonne.

Elle a su redorer, d'un regard, de son œil
Ce cœur soufflant, tremblant, polissant son cercueil.
Vous et vos yeux noirs, ces charbons mordorés
Dites-moi vite comment, par quelle simplicité.

M'avez-vous donc créé, amoureux éperdu ?
De vous assurément, certainement je le suis.
Oh que j'aime à le crier d'une vive voix tombée des nues,
Dès les astres apparus, dès que l'aurore luit !

Ah mon Dieu qu'il est bon, qu'il est doux certains soirs
De s'endormir en paix, et s'il y fait bien noir
Elle sera celle qui, sur mon visage blême,
Déposera un baiser, une caresse même.

Et nos corps emmêlés, faisant fi de la honte,
Se diront qu'ils s'adorent et que plus rien ne compte.
Demain ne sera pas, demain sera peut-être,
Ce nouvel univers, grouillant sous nos fenêtres.

Néant universel, postiche que tout cela,
Car je suis à mon aise, mon être entre vos doigts.
Qu'importe, passons, nous sommes deux, c'est bien,
Travaillons maintenant à ne faire plus qu'un.

La porte de la maison gonflée par le froid et aux gonds grippés finit par céder sous les coups d'épaule. La pièce est vide : Josh a dû repartir picoler entre amis. Dans les toilettes, les traces de son passage ; Annissee tire la chasse, et jette un regard à son visage dans le reflet éclaté du miroir fendu depuis la veille. À l'endroit de l'impact, du sang, le sien. Elle voudrait bien pleurer, mais ce n'est pas son genre, trop dure au mal et rompue aux rigueurs de l'hiver, aux coups de boutoir des éléments. Elle farfouille dans le réfrigérateur et en extrait un bocal de cornichons. De sa main valide, elle dévisse le bouchon de la bouteille de bière qu'elle vient d'acheter, tandis que, de l'autre, elle caresse son vieux Buck, qui l'aime plus que tout. Le sel du cornichon se dilue avec la première lampée. Annissee s'allume une nouvelle cigarette puis ouvre un livre. *De la guerre*, de Clausewitz, un cadeau qu'elle avait fait à Red Cloud après une nuit d'amour particulièrement enlevée. Elle avait trouvé ce pied de nez littéraire amusant. Buck grogne en se redressant sur ses pattes avant. Annissee lève les yeux, sur ses gardes, s'attendant à voir paraître Josh. Non, personne. Sans doute un ours qui passe par là pour fouiller les poubelles et dont l'odeur aura excité la curiosité du chien. Elle se replonge dans ses souvenirs.

Red Cloud et elle passaient des heures sur la glace à marcher et parler du froid, qui mordait de moins en moins, des rivières pleines de saumons, des renards à trapper et des livres – ceux qu'ils avaient lus et surtout qu'il leur restait à lire. Ils s'aimaient tant que ça ne prit pas longtemps avant qu'ils se retrouvent essoufflés sous la même couverture, émus de plaisir assouvi et d'amour flamboyant, près du poêle qui ronronnait. Les projets grandissaient. Peu d'alcool à l'époque, quelques bières et des cigarettes, parfois à l'excès, pour célébrer les temps heureux et le bonheur d'être nés distants l'un de l'autre ; suffisamment proches pour se ressembler, et assez éloignés pour s'en apprendre. C'était la recette absolue pour passer le reste de leurs jours dans la joie d'être comme ils sentaient qu'ils le devaient : ensemble.

Si le bonheur ne laisse pas toujours de traces, il peut agacer ceux qui en ont été privés toute leur vie : il fallut donc prendre le large des familles respectives puis s'endetter pour payer le loyer. Red Cloud pêchait le phoque, Annissee poursuivait ses études, par correspondance – plus question de s'éloigner du soleil de sa vie –, et menait une formation dans le bâtiment qui lui procurait beaucoup de joie. Il fallait la voir apprendre à son homme comment monter des murs, poser des câbles électriques et calfater soigneusement les fissures que l'eau et le gel causent dans n'importe quelle maison. Et lui l'emmenait sur la banquise avec juste un baluchon pour le pique-nique, une pelle pour aménager un abri de fortune en cas de tempête et une peau de caribou pour s'asseoir autour d'un trou dans la glace. De longues heures durant, le harpon en main, tous les deux se taisaient, tendus vers l'orifice qu'avaient creusé les phoques pour respirer.

Il était doué, Red Cloud. Un chasseur-né. Musclé et souple comme un loup, fort comme un ours et résistant comme un homme. Ou une femme d'ailleurs, car Annissee s'était rendu compte que la résistance à l'effort et à la douleur n'était pas l'apanage des testicules. Autrement, comment aurait-elle enduré les malheurs qui, depuis, se sont abattus sur sa pauvre carcasse ?

À l'époque, si elle poursuivait ses études, sciences politiques avec une mineure en littérature américaine, c'était pour écrire et raconter en termes choisis la vie des Inuits. Grâce à une amie qui faisait deux fois l'an la navette entre Montréal et son village, elle avait lu l'essentiel des livres écrits par des savants plus ou moins bien intentionnés venus observer les Autochtones. Annissee avait épluché et annoté méticuleusement chaque texte puis s'était lancée dans son grand œuvre, une maîtrise sur le massacre des chiens eskimos dans les années 1960-1970 par le gouvernement canadien.

L'histoire, aussi simple que révoltante, n'avait pourtant pas causé grand bruit à l'époque. Les scandales qui touchaient Inuits ou Autochtones restaient relégués à quelques lignes dans les colonnes de faits divers des journaux. Pour être considéré, un homme ne devait pas avoir la peau jaune, ni rouge, ni bronzée et encore moins les yeux bridés. Sauf pour collaborer en s'asseyant sur ses récriminations. Comme il s'en trouve partout ailleurs, il s'était trouvé quelques traîtres à leurs origines. À eux, qui réclamaient des miettes, les gens de pouvoir avaient distraitement tendu l'oreille. Tant qu'il reste raisonnable, qu'il porte des habits bien coupés et s'exprime parfaitement, le sauvage est civilisé ! Et on peut être un inculte et avoir le pouvoir si l'on est blanc, riche ou introduit.

Toutefois, être inuit et buter sur quelques mots, voilà qui vous discrédite. Étant inuite, Annissee avait donc décidé de prendre les armes de l'intelligence pour rappeler sa culture et ses origines au bon souvenir des colonisateurs qui prenaient des airs de démocrates. Forte du témoignage de sa grand-mère et de ses amis, elle avait rédigé plusieurs articles pour la presse nationale. En anglais et en français, elle avait expliqué pourquoi l'histoire de ses ancêtres devait être prise en compte. Comme elle s'y attendait, elle n'obtint aucune réponse des médias. Lassée de quémander une attention qui ne viendrait jamais, elle se mit au travail. Au cours d'une nuit sans sommeil, elle élabora donc l'introduction d'une thèse ainsi qu'une courte pièce de théâtre pour, le lendemain matin, en faire la lecture à Red Cloud pendant le petit-déjeuner. Sous les yeux amusés et admiratifs de son compagnon, elle allait et venait dans la cuisine, une main tenant fébrilement ses feuilles, l'autre faisant de grands gestes pour habiller une tribune tonique :

— Sans les chiens, nous, les Inuits, “les êtres humains” en inuktitut, nous ne sommes rien. Ils ont sauvé des dizaines de vies. Dans le blizzard, ils sont capables de s'orienter quand leur maître est perdu. On en a vu retrouver des igloos ensevelis sous la neige. Et c'est à eux que l'on confiait la tâche de dénicher sur la banquise les trous grâce auxquels les phoques respirent. Nous avions une vie libre, avec nos chiens pour seuls alliés. À partir des années 1950, le gouvernement canadien, qui jusqu'alors n'avait pas manifesté la volonté de sédentariser les Inuits, fit un virage à cent quatre-vingts degrés. À cause de la réduction de nos terrains de chasse au profit de compagnies diverses, le poisson et le gibier se raréfiaient ; nous peinions donc à survivre. Ottawa mit en œuvre une procédure d'assimilation et de sédentarisation par le logement, la scolarisation obligatoire et la prise en charge sanitaire. On s'y prend toujours ainsi pour absorber les minorités : on propose des soins, de l'alcool, des friandises et du confort. Normalement, ça les ramollit vite ! Les traditions se perdent en un peu plus d'une génération, qu'importe la volonté de certains de préserver l'unité. Le poids de la transmission est trop faible face à la télévision et au chauffage central.

Après une courte pause pour avaler une gorgée de café, Annissee reprit :

— Les chiens restaient indispensables pour chasser et se déplacer mais s'agglutinaient dans des régions toujours plus restreintes où la promiscuité et la densité démographique faisaient des ravages. Nous, les Inuits, nous n'attachions pas nos chiens, considérant que la liberté était leur meilleure chance de socialiser et de trouver le moyen d'agrémenter leur maigre ration quotidienne. Avec la sédentarisation, les chasseurs supposés nourrir les attelages devinrent paresseux et ne purent compenser l'oisiveté par des achats de nourriture. Affamées, certaines meutes pillèrent les dépôts d'alimentation et attaquèrent les gens. La rage et l'hépatite canine proliférèrent, provoquant la mort de centaines de chiens dans les années 1960, et le gouvernement prit des mesures d'urgence. Il mit en place une campagne de vaccination et imposa l'abattage des bêtes malades ou errantes. Un jour, les officiels de Kangiqsujuaq demandèrent de conduire tous nos chiens dans la baie. Ils furent tués sous nos yeux. « Devant mes enfants, j'ai moi-même dû tuer mes quatre chiens, de mes propres mains », m'avait dit Nappaaluk, mon grand-père, d'une voix tremblante. On prétendait à l'époque que les épidémies étaient la principale cause de mortalité parmi les meutes, mais le gouvernement taisait le nombre de balles employées. L'importation de chiots venus d'ailleurs fut interdite, et les chiens furent remplacés par les motoneiges. Le progrès avait parlé, la science et la santé se portaient au mieux, et on passa à autre chose du côté d'Ottawa et de Québec. Nous, les Inuits, restâmes marqués par cette tragédie ; cette attaque directe contre notre communauté sonna pour certains le glas d'un mode de vie et le début de la descente aux enfers...

Pour subvenir aux besoins du foyer qui allait bientôt s'agrandir, Red Cloud avait laissé ses harpons pour devenir commis dans une épicerie tenue par deux jésuites, défroqués et homosexuels, qui avaient gardé de leur vocation la rigueur intellectuelle, une curiosité insatiable et un courage à toute épreuve. Ils payaient suffisamment bien et laissaient à leur employé le loisir de partir sur la glace quand bon lui semblait. La vie était douce et le bébé dans le ventre d'Annissee commençait à gigoter sérieusement. « Une fille aventureuse et caractérielle comme sa mère », avançait Red Cloud en baisant la peau rebondie de sa femme qui pouffait intérieurement, certaine que, de fille, elle n'en aurait pas.

Un matin où Red Cloud partit pêcher, la glace céda sous son poids. Il périt noyé ou gelé, et son corps resta introuvable. Annissee fut si malheureuse que le bébé qu'elle portait voulut naître plus tôt pour la réconforter. La naissance fut en effet une grande joie. Kim ressemblait beaucoup à son père, grandissant à une vitesse fabuleuse et prenant rapidement des joues, de l'aplomb et du coffre. De lui, on entendait seulement le rire cristallin et parfois quelques cris de douleur après avoir cogné son crâne aux mêmes endroits que son père. C'était un petit gars espiègle, goulu d'existence, qui ne râlait jamais. Une fois ou deux, sa mère avait accouru pour câliner le petit bonhomme blessé, mais il était déjà sur ses pieds ou assis sur ses fesses et reprenait le cours normal de ses jeux.

Annissee emmenait Kim sur ses chantiers et le laissait jouer dans ses jambes quand elle travaillait à sa thèse. Elle lui apprit comment mener une motoneige, s'équiper pour le froid et se faire obéir des chiens. Puisqu'il courait vers tout ce qu'on lui proposait, elle l'emmena sur la glace pour chasser le phoque et rendre hommage à son père disparu. Pour pleurer l'absence de son paternel, il s'emparait du portrait posé sur le poêle et posait sa tête sur l'épaule de sa mère en regardant la photo à laquelle il murmurait des choses qu'elle ne comprenait pas. Puis il s'échappait à nouveau dans de grands éclats de rire et vers de nouvelles aventures ponctuées d'immanquables bosses.

Quand il fut grand, Kim partit à Québec poursuivre des études pour devenir avocat. Il voulait revenir dans sa communauté pour participer à lui redonner le lustre qu'elle avait jusqu'à ce que les gouvernements fédéral et provincial décident de rendre les Inuits perméables au système capitaliste et prétendument démocratique. Kim voulait mener à bien l'entreprise que sa mère avait initiée une vingtaine d'années auparavant.

La fumée de cigarette emplit la pièce. Annissee se lèche la lèvre, qui commence à cautériser, et peine à se rappeler ce qui l'a plongée dans la boisson. Bien sûr que non, il n'y a pas que des ivrognes, chez les Inuits ! C'est ce qu'elle explique aux Blancs venus pour rendre service aux communautés et qui l'écoutent d'un regard insupportablement bienveillant, quoique tout de même suspicieux ou peu convaincus, et qu'ils contrebalançaient par des discours surannés sur la chance de connaître les Inuits et leur culture ancestrale. De quelle culture ancestrale parlent-ils, ces pitres ? Celle des chiens de traîneau ? Il y a longtemps que la motoneige les a remplacés. Des igloos ? La plupart des gens vivent dans les préfabriqués du gouvernement. De leur science de la frugalité, alors ? Tous perçoivent en dédommagement d'avoir été expropriés de leurs terres une pension mensuelle qu'ils claquent dans l'alcool, comme la plupart des gens désœuvrés à qui on a ravi la raison de vivre.

— Gardez votre aide, c'est trop tard ! Rien à foutre que vous nous voyiez comme une chance pour vous. D'ailleurs vous ne dites pas “chance”, non, c'est trop banal.

Vous dites "opportunité". Comme si vous aviez besoin de tout valoriser ! Allez-vous faire voir avec vos opportunités ; ce sont vos ancêtres qui ont massacré les miens et qui font qu'aujourd'hui je me noie dans l'alcool. Et ne m'emmerdez pas avec les choix de vie et la résilience, ne venez pas me dire que rien n'est inéluctable et que c'est à moi d'écrire mon histoire ! Des clous, tout ça ! Je n'ai de leçon de résilience à recevoir de personne. J'ai perdu l'amour de ma vie dans un accident ; mon fils est parti depuis des années et manque de l'argent nécessaire pour me rendre visite ; j'ai eu plusieurs accidents de travail sur des chantiers ; j'ai survécu à deux agressions au couteau et, une fois par semaine, mon compagnon me tabasse. Pourtant, je suis debout ! Alors, oui, je suis une ivrogne, mais je vous emmerde ! Je fais ce que je peux, avec mes armes. Vous ne survivriez pas longtemps ici, donc gardez vos mièvreries pour vos amis, ceux qui feront semblant d'être intéressés par votre retour d'expérience, dans un bar cossu, autour d'un guacamole, de côtes levées et de petits cocktails sucrés. Vous leur raconterez avec des yeux brillants, photos à l'appui, combien votre séjour a été aventureux. Vous leur direz, en dégustant une tortilla sans gluten, combien un mois là-haut vaut d'années ici, et combien les Inuits sont des gens fascinants et authentiques. Vous prendrez un air contrit en parlant de notre alcoolisme, puis commanderez un Virgin Cæsar avant de balancer une banalité sur le changement climatique, la montée des nationalismes... À la station de métro, vous ne prendrez bien sûr pas la peine de discuter avec mes congénères qui y zonent et se droguent au *crack*. Allez-vous faire foutre avec vos expériences ! Moi, je préfère la vie réelle. Vos expériences, c'est du toc, de la frime, du vent !

Annissee avait gardé ce laïus pour elle, trop polie et délicate pour mettre mal à l'aise ses interlocuteurs. Tous ne sont pas mauvais. Ils sont même plutôt généreux, par le temps qu'ils donnent, bénévolement pour certains, bien payés pour d'autres, afin de tenter quelque chose. Sans doute pensent-ils sincèrement aider ? C'est ce qu'elle s'est dit à Montréal, où elle a débarqué un soir d'été pour revoir Kim. Ayant lâché les études pour devenir travailleur social, il passait son temps au métro Atwater à discuter avec les vagabonds. Il ne buvait pas et fumait de rares cigarettes roulées entre les visites aux personnes qu'il était chargé de suivre. Travailleur social : c'est pour cela qu'il n'avait pas osé rentrer chez lui, honteux d'avouer à sa mère qu'il renonçait à une carrière d'avocat pour défendre les Inuits. Plutôt que la banquise, Kim avait choisi le gris de l'asphalte. Sa place était là-bas, en ville, où il se sentait utile et efficace. Avec son sourire d'acteur, il avait attendri sa mère, qui avait remballé ses reproches en apprenant qu'il avait fait une belle rencontre, Grace, qui portait bien son nom. Annissee savait que l'amour est souvent un guide ivre, mais parfois un bon génie, et assurément, Kim avait trouvé un bon génie en la présence de Grace.

Un soir de tournée avec son fils, Annissee rencontra Josh et, très vite, elle crut voir la roue de la vie tourner en sa faveur. Drôle, enjoué, cultivé, quoique boit-sans-soif et parfois radoteur, Josh ne manquait pas de charme ; aussi Annissee s'était-elle crue suffisamment énergique et amoureuse pour le tirer du ruisseau. Le bougre était têtu et aimait décidément trop la gnôle, mais il accepta quelques mois plus tard de partir vivre à Kangiqsujuaq. Annissee pensait que ce changement d'air leur ferait du bien et permettrait à Josh d'arrêter le *crack*. Belle saloperie, le *crack* ! Une seule fois, elle avait essayé. Le *crack*, c'est cinq minutes de bonheur, et le reste de la journée en enfer. On paie cher son voyage : la dose vous lamine le crâne plus efficacement qu'une barre à mine, plombe vos yeux et vous cingle le visage. À cause de ça, Josh était devenu paranoïaque et avait la sensation d'être cerné par des monstres. Pour calmer sa violence, il fumait du *pot* et buvait pour atténuer la brûlure. Le temps de se remettre... et de recommencer. Quatre, cinq, six fois dans la journée, tout dépendait de ses moyens et de sa résistance du moment.

Donc, lassée des heures perdues dans les stations de métro, des puces de lit à l'abri des centres d'accueil, des nuits à tenter de sortir les gens d'enfer, Annissee avait pris la décision de rentrer chez elle. En quelques heures d'avion, elle retrouva sa terre, à qui elle demanda pardon pour cette longue absence. La vie reprit son cours : un emploi dans le bâtiment, quelques leçons dans l'école voisine et les coups de main chez les voisins avec toujours un livre en poche. Soir après soir, elle rentrait fourbue chez elle pour trouver son amoureux en loques, les yeux mouillés d'alcool et de sensiblerie, et n'ayant plus rien à lui dire. Pour l'accompagner et passer le temps, elle se mit à téter le goulot et plongea dans l'enfer éthylique.

Penchée sur ses souvenirs, Annissee se sent engourdie. Les deux litres de bière du matin ont gommé un peu les effets de la raclée de la veille, mais pas suffisamment.

— Ce qu'il faut, c'est être concentrée. Quand on a choisi de boire pour ne plus penser à la froide morsure du malheur sur sa peau fiévreuse, il faut siroter consciencieusement pour plonger dans le grand blanc, ouaté et floconneux, qui maquille les aspérités de l'existence, la rend floue et moins douloureuse.

Buck aboie pour acquiescer. Il a surtout compris que l'ivresse permet à sa maîtresse d'être, sous les coups de Josh, comme un vieux sac de sable. Une gorgée pour se donner du ballast. C'est l'heure de la deuxième salve de la journée ; deux ou trois autres sont à prévoir, mais à chaque heure suffit sa bouteille. Le vent est glacial quand Annissee sort de chez elle. Elle relève son col, allume une cigarette, tousse un peu, crache et se met en route. À ses côtés, Buck trottine paisiblement et lui mordille tendrement la main.

« Ah ! que le jour tarde à venir
Quand on se lève avec l'étoile
Et on a beau lever la toile
La nuit s'étire à n'plus finir. »

Pauline JULIEN, « Ah ! que l'hiver »,
Suite québécoise, Gamma, 1967.

LES ÉTRANGERS

Iroquoisie ~ Bas-Saint-Laurent, Trois-Rivières ~ Mauricie, Anse-au-Foulon ~ Québec, Grosse-Île ~ Chaudière-Appalaches, Petite Italie ~ Montréal, Rive-Sud ~ Montérégie

Iroquoisie, 1649

LES ESPRITS ONT PARLÉ et le conseil a tranché. Alors je passe mon couteau sur la pierre encore et encore. Je presse la gourde en peau de caribou pour humecter la lame, et reprends ma besogne patiemment. Tout doit être parfait pour que le geste soit le plus sûr et le plus vif possible. Un beau scalp demande une bonne lame. J'en passe le fil sur la peau de mes joues, racle le plat de pouce pour m'assurer de son tranchant : des lambeaux de peau se détachent et tombent sur mes mocassins. Je lève les yeux vers le ciel : un rapace va bientôt fondre sur un rat d'eau. Avant de s'abattre, il va siffler une fois et le rat n'aura pas le temps de plonger dans le lac. Le piqué est parfait, imparable, et je vois les serres de l'aigle broyer les os du rongeur. Le sang perle de la fourrure brune. Sur une branche, à coups de bec, l'oiseau commence à piquer et dépecer la chair.

Dans quelques jours, nous ferons la même chose et fondrons sur nos ennemis et les punirons par des châtiments exemplaires. Il est temps de montrer aux hommes blancs qu'ils ne nous impressionnent plus. Ils doivent comprendre ce qu'il en coûte de venir nous prendre nos territoires, voler nos peaux et passer des accords avec les Hurons, ces fillettes qui ne méritent plus le nom d'Indiens depuis qu'ils ont vu des bâtons cracher le feu et se sont rangés derrière ceux qui les tenaient sans vraiment savoir ce que cela coûterait. Nous aussi, nous avons trouvé des bâtons qui crient comme le tonnerre, grâce à d'autres Blancs qui vivent plus au sud, mais qui eux nous laissent en paix. Avec ces armes, nous allons renvoyer nos ennemis sur le fleuve par où ils sont venus. Il ne fallait pas nous proposer de nous unir en un seul peuple pour ne pas honorer ses engagements par la suite. Un jour, un grand chef blanc, Champlain, avait presque convaincu mon père qu'il serait de notre intérêt de créer une seule nation entre les Indiens et les Français de la Nouvelle-France. Il proposait des métis comme terreau de notre pays. Le soir où il rentra des pourparlers, mon père en avait parlé à ma mère. Elle avait ri, d'un rire de chacal et les yeux enflammés.

— Es-tu devenu fou ? Comment as-tu pu penser que nous, les Haudenosaunee, pouvions mêler notre sang à celui des Blancs ? Des sanguinaires qui massacrent nos castors, et nous empêchent de vendre nos peaux. Des êtres qui coupent les arbres pour barrer le chemin et empêcher de voir. Des gens qui souillent la nature, vivent dans des maisons qui n'accueillent qu'une seule famille, fabriquent des machines pour déchirer le sol et y enfouir des graines jusqu'alors inconnues chez nous.

Des démons qui n'adorent qu'un dieu et frappent leurs femmes sans qu'elles puissent répliquer. Quoi, c'est avec ces barbares que tu veux partager nos terres ? Et puis qui nous dit qu'ils veulent vraiment partager ?

Mon père avait réuni le conseil. Tous ses membres tombèrent d'accord pour rejeter la proposition, et ces fourbes de Blancs pactisèrent avec les Hurons quelques jours plus tard. Ils avaient soigneusement préparé leur coup et les combats commencèrent. Aujourd'hui, nous sommes fatigués des batailles et, ce que nous souhaitons, c'est la guerre. Une dernière guerre. Nous sommes la nation indienne la plus puissante et l'honneur ne nous manque pas. Pour fatiguer l'ennemi, nous avons décidé de multiplier les embuscades en variant nos lieux d'attaque, que nous connaissons mieux que quiconque. Nous avons appris aux Blancs que leur technique était bien peu efficace par rapport à notre savoir. À chaque combat, beaucoup tombent dans leurs rangs quand nous ne comptons que quelques blessés. N'étaient leurs armes destructrices, nous n'avons pas de mérite à les détruire. Ils sont balourds, nombreux, et bruyants, rien qui ne puisse fonctionner dans les taillis. Avec leurs grosses sandales rigides qui leur enserrent les chevilles et leurs vêtements multicolores, leurs guerriers se déplacent aussi lentement que des colonnes de fourmis, l'un derrière l'autre à travers les fourrés et précédés de tambours sur lesquels ils tapent avec des bâtons… Même nos enfants pourraient les vaincre. Nous, nous avançons comme des loups, frappons avec précision et nous retirons aussi vite que nous sommes venus, laissant les cadavres scalpés. Des prisonniers, nous faisons des serviteurs et, parfois, nous leur infligeons des supplices terribles.

Puisque les Blancs usaient de la force pour s'approprier les postes de traite et développer leurs cultures, nous allions de temps à autre vers ces hommes et attendions qu'ils nous tournent le dos pour leur envoyer notre tomahawk entre les omoplates. Avant de nous occuper plus sérieusement d'eux, nous allons écraser définitivement les Hurons, puis ce seront les Algonquins, les Neutres, les Mohicans, les Sokokis et les Abénakis qui se sont alliés avec les colons et nous empêchent de commercer.

Près du lac sacré, les cinq nations iroquoises vont bientôt se réunir. Sénécas, Cayugas, Oneidas, Onondagas et Mohawks. Nous resterons ensemble plusieurs jours pour fumer les herbes de la force, sans manger ni boire autre chose que l'eau de pluie. Puis, légers et rusés comme le renard, nous attaquerons pour rendre justice et élargir nos territoires. Nous ne ferons pas de quartier et laisserons seulement la vie sauve à ceux qui déposeront les armes pour s'en aller. Les autres, nous les tuerons et laisserons leurs dépouilles au ciel et aux vers, qui se chargeront de nettoyer. Cette terre n'est pas pour eux. Elle est trop dure, trop belle et trop sensible pour ces êtres si fragiles, si laids et qui n'écoutent rien.

L'aigle est revenu tournoyer au-dessus de moi. Il guette une autre proie. J'arrête d'aiguiser ma lame sur la pierre. Le couteau est prêt, je le suis aussi.

Trois-Rivières, 1663

Ma chère tante,

J'ai tant à vous conter à propos des mille et une aventures que j'ai vécues depuis ces derniers mois. Il est plus que temps d'enfin prendre la plume pour retracer la magnifique mais bien difficile épopée que je viens de vivre. Vous m'avez laissée dans le port de La Rochelle, avec une centaine d'autres femmes ou jeunes filles de ma condition qui avaient décidé de traverser l'Atlantique pour répondre aux désirs de notre bon roi Louis XIV d'asseoir une nouvelle France catholique au Canada. C'est sous la bannière des filles du Roy que Sa Majesté a payé le transport et une dot pour que nous puissions trouver un mari à notre arrivée et remplir cette terre difficile des enfants que Dieu voudra bien nous confier.

J'étais rongée d'angoisse au moment de vous quitter pour monter sur le pont de l'*Aigle d'or*, terrifiée, moi la pauvre paysanne, qui ne connaissait que les eaux vives de la rivière qui borde votre maison normande où vous m'avez recueillie à la mort de mes parents. J'avais 4 ans si ma mémoire est bonne. En voyant votre beau visage rester sur le quai, je n'ai pu contenir mes larmes et me suis précipitée dans la cale pour pleurer tout mon saoul. J'espère que vous me pardonnerez de n'avoir su vous dire au revoir comme vous le méritiez. Croyez bien que je n'étais pas au bout de mes peines. Quand le premier coup de tabac a frappé notre navire, au troisième jour de la traversée, je ne savais pas qu'elle allait durer presque quatre mois.

La vie à bord était bien difficile. Tout manquait : eau, nourriture, intimité et confort. En revanche, la fièvre, l'humidité, la vermine et les miasmes proliféraient, et beaucoup d'entre nous tombèrent malades. Des deux cent vingt-cinq passagers à embarquer, soixante moururent en mer. En tant que femme, je ne pouvais me promener seule sur le pont qui n'était de toute façon accessible que pendant les beaux jours, et ils ne furent pas nombreux. Pas moyen de me dégourdir les jambes sans avoir à mes côtés un chaperon hideux, aux dents branlantes et à l'odeur effroyable.

Nous dormions à plusieurs par couchette sur des châlits, même si j'ai eu la chance à la fin de la traversée d'avoir un hamac de ficelle qui, au matin, me laissait rompue de courbatures. Sous notre dortoir, on avait entassé des vaches, des chèvres, des cochons, des oies et des volailles, et les bestiaux beuglaient jour et nuit et empuantissaient l'air déjà corrompu. Quand la tempête faisait rage, nous ne pouvions sortir et restions confinés des jours entiers, accrochés aux poteaux ou à n'importe quoi et mangeant ce que nous trouvions. Il ne nous restait que la prière, et j'ai fait mon possible pour remonter le moral à mes amies les plus usées par cette traversée.

J'étais sur le pont à précéder de quelques pas la puanteur qui m'escortait immuablement quand nous entrâmes dans le golfe et aperçûmes la terre. Quel fleuve, ma tante ! C'est une mer qui succède à l'océan, des dizaines d'arpents séparent ses rives couvertes de forêts denses que surplombent quelques montagnes.

Ce n'est qu'en apercevant Québec, « Là où le fleuve se rétrécit » en dialecte algonquin, ces Indiens alliés dont j'ai la charge d'éduquer et de catéchiser les enfants, que nous retrouvâmes un semblant de civilisation. Après ces mois de mer, il allait nous falloir du temps pour nous remettre d'aplomb et quelques bons soupers et nuits de sommeil sur un plancher stable ne seraient pas de trop. Notre arrivée créa l'émoi et des dizaines d'hommes à qui on avait promis des femmes se précipitèrent à notre rencontre dès que nous mîmes pied à terre. J'en ai vu de bien laids, mais quelques beaux jeunes hommes qui semblent avoir été sculptés par la nature vaste et âpre attendaient aussi d'être choisis. Car oui, ma tante, je vais pouvoir choisir mon mari et, ensemble, nous aurons notre propre terre ! Une terre où nous pourrons aller comme bon nous semble, et cultiver, et chasser. Vous rendez-vous compte ? Je ne saurais vous remercier assez pour la formidable opportunité que vous m'offrez grâce à ce voyage. Que Dieu bénisse notre bon roi Louis !

Un mois s'est passé depuis que j'ai posé la plume. L'encre et le temps m'ont manqué, mais enfin je me décide à reprendre mon propos là où je l'avais laissé. Je ne vous cache pas que la terre est dure à défricher, l'ouvrage ne manque pas. Parfois, je laisse tomber ma pioche et pleure de découragement. Cette fatigue chronique me fait penser que je dois être grosse. Je me rends compte que j'oublie l'essentiel : je ne suis plus seule, ma tante ! Pierre, mon mari, est un compagnon aussi doux que fort et ne renâcle pas à la tâche. Il est arrivé ici quelques années avant moi et a acquis une expérience dans le travail des champs, la charpente et le combat face aux Iroquois, ces sauvages acquis à la cause des Anglais et des Hollandais.

La neige tombe depuis plusieurs jours maintenant, mais Pierre a tant œuvré que nous voilà dans une cabane en bois de boutte calfeutrée de chaume. Nous devrions passer un premier hiver sans trop souffrir du froid – un hiver prodigue en leçons –, mais nous ne savons pas encore ce qu'il nous réserve. Hormis les sanguinaires Iroquois, nos alliés indiens sont de délicieux compagnons. Ils nous apprennent à chasser, pêcher et conserver notre nourriture. Vous ririez de ma toilette, ma tante, car, en cette saison, mes vêtements sont exclusivement constitués de fourrures. Pour être un meilleur professeur, j'ai également décidé d'apprendre le dialecte indien.

Je prie tous les jours pour être enceinte, car il se dit que, plus au sud, les Anglais seraient des dizaines de milliers à n'attendre qu'une seule chose : nous envahir. Puisse le Saint Ciel nous permettre de mettre un terme à cette menace anglaise et protestante et que, toujours, le français soit la langue commune à tous ceux qui viendront vivre ici. Je dois mettre le point final à cette lettre, le bateau qui part pour La Rochelle appareille dans quelques heures et il me reste juste assez de temps pour la confier à son bord.

Puisse-elle vous arriver sans peine, chargée de mon affection et de mon éternelle gratitude.

Votre Mathilde

Anse-au-Foulon, 13 septembre 1759

Pas facile de rester de nuit les pieds dans l'eau, sans bouger. Les mains posées sur le plat-bord de nos barques à fond plat, nous attendons le signal du départ et, à force de rester debout, mon dos commence à tirer. Dans moins d'une heure, nous serons au lieu de rendez-vous fixé par notre chef, le génial Wolfe, et nous espérons bien surprendre les Français et leur faire rendre gorge. Il était évident que nous n'allions pas leur laisser leur territoire. D'abord parce que, manifestement, ils ne savent pas quoi en faire, sinon ils en auraient fait quelque chose de plus présentable, et ensuite parce qu'il y a cent ans que nous essayons d'asseoir notre domination en Amérique et que nous sommes déterminés à leur montrer que notre force est sans bornes. Et ce n'est pas parce que leurs femmes pondent comme des poules que cela sera suffisant pour contrer notre puissance et notre nombre. Trop tard, beaucoup trop tard. Contrairement à eux, nous faisons les choses sérieusement et ce que notre roi George veut, sujets doivent. Nous, nous ne faisons pas la moue au moment de faire des sacrifices et mettons tout ce qui est en notre pouvoir pour parvenir à nos fins.

Ça y est, le courant s'est inversé et nous pouvons embarquer. Du silence dépend notre réussite.

Nous avons pris quelques belles volées jusqu'en 1756, et les Français n'ont pas démérité et ont été durs au mal. Depuis que notre ministre de la Guerre William Pitt a pris les rênes, les choses s'inversent et, à la morgue française, nous opposons le pragmatisme anglais. Avec le lieutenant-général Louis-Joseph de Montcalm à leur tête, ils nous en ont fait voir de toutes les couleurs, ont récupéré nos possessions sur le lac Ontario et se sont octroyé par là même l'appui de beaucoup d'Indiens ! Quand Londres a appris la nouvelle, ça a soufflé très fort et Pitt, pas tellement d'un naturel francophile, a décidé d'en finir rapidement en nous envoyant 50 000 soldats. Côté français, ils ne sont, d'après nos observateurs, que 15 000 et, même s'ils sont braves, ce n'est plus qu'une question de temps avant qu'ils capitulent. En plus de tout, nous avons l'argent et la possibilité de nous ravitailler via l'océan, tandis que les Français doivent lutter contre le blocus que nous leur imposons depuis trois années en Atlantique. Nous sommes en train de refaire notre retard, et nous allons les écraser.

Je rame peu, mais mes mains sont déjà couvertes d'ampoules qui commencent à percer. Avec une bonne paire de gants, je devrais pouvoir serrer mon épée demain, mais où sont mes gants ?

Quand je pense que la France possédait il y a encore quelques années la moitié de l'Amérique du Nord... Quel pays de pitres ! Depuis 1713 et le traité d'Utrecht, et malgré de nombreuses pertes et des défaites, nous parvenons à récupérer une à une les conquêtes qu'ils ont pu faire avec grande difficulté. Il y a d'abord eu Terre-Neuve, la baie James et puis l'Acadie. Ces hors-d'œuvre nous ont ouvert l'appétit, et il reste encore beaucoup à faire : la France est implantée en Nouvelle-France bien sûr, du Labrador au lac Winnipeg, mais aussi plus au sud, dans les Pays d'en haut, au pays des Illinois et jusqu'au golfe du Mexique le long du Mississippi pour arriver en Basse-Louisiane et à la Nouvelle-Orléans. Inénarrables Français, à croire que seule la terre est le moyen pour entrer dans un pays et le conquérir. Nos territoires à nous sont bien plus minces, mais nous avons les côtes et l'accès aux mers. Nous allons leur montrer que le vrai pouvoir est maritime. Malgré tout, il paraîtrait que des coureurs des bois, qui sont des explorateurs de renom, poussent de plus en plus à l'ouest depuis des années et progressent au prix d'un courage inouï. J'ai entendu parler de Pierre et Paul Mallet, des gars d'ici, forts comme des ours et fous à lier qui sont allés du Bas-Canada jusqu'à Santa Fe, montés sur des chevaux à moitié crevés. Courageux, les Français, ça, on ne peut pas le leur enlever. Mais nous aussi en avons dans le ventre, et puis nous sommes moins sensibles.

Nos canots glissent silencieusement sur le fleuve, et la nuit d'encre est une merveille. Seule la lune phosphorescente pourrait trahir notre progression.

En 1757, les Amérindiens qui nous avaient fait faux bond sont revenus au bercail quand ils ont senti le vent tourner. Attendez que notre victoire soit totale, vous ne perdez rien pour attendre et nous vous ferons payer cher votre louvoiement. Ça va être autre chose que la façon ridiculement amicale et bienveillante que les Français vous ont témoignée. Je les comprends en même temps, parce qu'avec la politique de la terre brûlée de notre général Wolfe, difficile de ne pas être angoissé par la nourriture du lendemain. Depuis quelques jours, nous n'y allons pas avec le dos de la cuillère : nous avons pillé les fermes des deux côtés du Saint-Laurent en aval de Québec. Ils doivent avoir faim à l'heure qu'il est ! C'est tout de même incroyable que leur gouvernement ait lâché sans plus de résistance que le combat mené par des soldats faméliques et sous-équipés. Peut-être qu'un jour la France regrettera cet abandon. Mais existera-t-il encore une France dans les siècles à venir ? Et puis, avouera-t-elle ses regrets ? Les Français plastronnent tellement qu'ils n'en diront rien, rois des paons. Nous, nous sommes prétentieux, mais, au moins, nous faisons mine que non. On écrase avec flegme ; on broie, on assimile avec méthode et force en les masquant, puis l'on passe à la conquête suivante.

J'ai l'impression que nous avons légèrement dépassé le lieu de rendez-vous, au pied du ravin. Le jour va bientôt se lever. Encore quelques coups de rame, et un dernier effort à donner pour escalader la pente, et nous nous retrouverons enfin sur les plaines d'Abraham.

Grosse-Île (archipel de L'Isle-aux-Grues), 1847

Voilà un mois que je me trouve bloquée en quarantaine sur le navire qui m'a amenée d'Irlande, après une traversée douloureuse. Mes compatriotes, qui ont pris la mer par milliers, et moi, nous devons nous armer de patience et, comme rien ne dit que les choses s'amélioreront, je tue le temps en marchant sur le pont. J'essaie d'adapter ma foulée de façon à effectuer exactement le même nombre de pas à chaque fois d'un bout à l'autre du bateau pour faire taire la voix qui crie à l'intérieur : nous laisseront-ils poser le pied sur leur terre ?

Nous sommes si nombreux à avoir pris la mer, et il y a tant de malades parmi nous que nous ne débarquons qu'au compte-gouttes. Au loin, j'aperçois la vingtaine de baraquements administratifs qui vomissent les cercueils sans discontinuer depuis mon arrivée. Le typhus fait des ravages, et c'est presque un miracle que je sois en vie. Bénis soient le créateur et mes parents de m'avoir faite solide comme je le suis. Même si je ne pèse pas lourd, je tiens ferme sur mes jambes, et la fièvre ne m'atteint pas. Pas de suspicieuses taches sur le corps ; le seul feu que j'ai au front, c'est celui de débarquer pour tenter une autre vie, ici, en Amérique !

L'ironie de l'histoire, c'est que nous avons fui la famine causée par le mildiou de la pomme de terre et qu'il semble que c'est depuis cette même Amérique que le champignon malfaisant est venu chez nous. Est-ce pour cela que l'accueil n'a pas été franchement avenant pour nos prédécesseurs ? Sommes-nous le mildiou qui revient au bercail pour décimer les cultures ? On nous le fait sentir à chaque fois qu'un officiel monte à bord pour une tournée d'inspection, un mouchoir imbibé d'alcool sur le nez. C'est vrai que nous puons, je m'en fais la remarque dès que je quitte le pont pour les cales, mais ça n'est pas une raison pour nous considérer comme ce maléfice qui a proliféré grâce au climat de notre belle île verte.

Chère Irlande, ta pluie et ton vent me manquent déjà. Chez toi, ce dernier est tonifiant ; ici, il est glacial.

Putains d'Anglais ! Comme si le traitement qu'ils nous ont infligé là-bas ne suffisait pas, il faut qu'ils nous briment ici aussi. Pour eux, un bon Irlandais est un Irlandais mort, et l'Irlande est assurément une terre maudite. Nous avons connu des famines en 1720, en 1730 et en 1810, mais depuis 1845 ce que nous vivons n'a pas de précédent. Nous n'avons plus rien à nous mettre sous la dent, puisque les récoltes successives de pommes de terre, base de notre alimentation, ont été catastrophiques. Incapable de payer le fermage au *landlord*, ma famille a été expulsée sous le regard complice des autorités et de la police. Depuis, nous mourons de faim. En moins d'un an, j'ai perdu mon frère, mon père et mes deux grands-parents, d'œdème et de dysenterie pour les premiers, du choléra pour les deux autres. Et pendant que nous crevons de faim, l'Angleterre exporte des vivres. Nous serions prêts à les acheter, ces denrées agricoles, mais les magasins sont vides ! J'ai entendu dire que des femmes, devenues folles, ont mangé leurs enfants morts de faim, tandis que des navires, remplis jusqu'à la gueule de bétail et de grain, quittaient nos côtes pour l'Angleterre, Londres et Buckingham Palace. La famine continue et les exportations aussi. Plutôt que de nourrir le peuple, les Anglais préfèrent faire des affaires. Ce sont eux qui nous ont chassés vers l'Amérique, moi et ma mère.

Avant la grande traversée, il y eut Manchester où nous jouâmes le tout pour le tout afin de nous refaire une santé.

Là aussi, on nous traita comme des chiens. Je travaillais dans une usine comme manœuvre, la seule place accordée à une Irlandaise, et rentrais le soir, épuisée par mon travail de forçat, les brimades et les humiliations. Ma mère et moi partagions un taudis avec deux autres familles. C'était un endroit infect, une cave lugubre qui jouxtait une distillerie clandestine d'où sortaient ivres des voyous prompts à jouer du surin. Ma mère gagnait quelques malheureux shillings en amidonnant des chemises. À force de travail, nous eûmes assez d'argent pour regagner notre belle Irlande et courir de nouveau après la chance en espérant lui mettre la main dessus. Rien n'y fit. La seule issue, c'était de nous arracher à notre terre chérie, de monter sur un bateau pour fuir.

Le voyage sur l'Atlantique plongea les plus faibles dans la mort et les plus valides vers l'agonie, entassés les uns sur les autres, martyrisés par les rats et les poux qui pullulent et vous rongent les nerfs. Allez comprendre pourquoi ma mère et moi avons été épargnées !

Je répète mon discours pour convaincre le douanier de me faire entrer. Je sais par cœur ce que je vais lui dire, parce que je l'ai écrit des dizaines de fois ces dernières semaines et que je me le répétais inlassablement tous les soirs pour essayer de m'endormir. Je lui dirai que j'ai toujours rêvé d'aventures, que je suis courageuse, dure au mal, fière de mes origines, mais certaine que je saurai m'en créer une autre ici et que je n'en serai que plus riche. Je lui dirai que mon souhait le plus cher est de travailler à la grandeur du pays qui m'accueille et auquel je me sens redevable. Je serai tellement convaincue qu'il finira par me croire. Et puis, ce voyage effroyable n'est-il pas la preuve de ce que j'avance ? Il dira oui ; refuser, cela ne se peut. Et quand, enfin, ce sera notre tour de débarquer, pendant qu'on descendra les cercueils, je me précipiterai dans la cale pour prévenir ma mère que le moment est venu. Bras dessus bras dessous, nous descendrons la passerelle et baiserons le berceau de notre avenir. Nous bénirons le ciel, penserons à nos familles et nous embrasserons en disant que tout cauchemar a une fin.

Trois cent quarante-trois pas, trois cent quarante-quatre pas, trois cent quarante-cinq pas, trois cent quarante-six pas. Ah ! Un de trop. Demi-tour, marche !

Petite Italie, 1943

Les glaçons chantent dans le verre serti de buée. Le café refroidit. Charnu et long en bouche, il laisse sur les papilles des cristaux chocolatés et grillés. Brut, tel quel, raffiné, voilà le café frappé que j'aime servir aux clients. C'est pour cela qu'ils sont si nombreux à venir nous voir. Voilà quarante ans que ma famille possède cette petite pièce sur le zinc de laquelle nous servons des *limonata*, des *espresso* et des *chinotto*, les meilleurs de la ville, paraît-il. Pour le reste, quelques tables de bois que je nettoie avant l'arrivée des premiers consommateurs et quand le rideau s'abaisse. Déjà 7 heures du soir et nous n'avons toujours pas de nouvelles de mon père que la police a emmené il y a deux jours sans autre explication que celle d'être suspect parce qu'Italien. En ce moment, à Montréal comme partout dans le pays, il ne fait pas bon être immigré, spécialement de cette origine. C'est la guerre de l'autre côté de l'Atlantique et, depuis que les États-Unis ont rejoint la mêlée, épaulés par leurs alliés canadiens, on se crispe ici. Moi aussi j'ai des origines italiennes, mais je suis née ici, au Canada, donc je suis canadienne. Et puis quelle importance ? On ne prend pas ces choses au sérieux à 14 ans.

Ma grand-mère et ma mère ont beaucoup pleuré quand les portes du fourgon des flics ont claqué. J'ai demandé des explications, ma mère m'a gentiment serrée contre son cœur et demandé d'aller jouer dans ma chambre avec mon frère et d'être sage. Sauf que moi, je n'aime pas trop jouer avec mon frère, et j'ai passé l'âge d'être sage. Dans la pénombre du sommet de l'escalier, j'ai donc tendu l'oreille : ma maman et sa belle-mère échangeaient, attablées sous la lampe jaune qui éclairait leurs visages rongés d'angoisse.

— Pauvre Errico... Que vont-ils lui faire ?

— Je n'en sais rien, Aurelia, mais vu le contexte politique des dernières années, je doute qu'ils nous le ramènent rapidement. J'ai même entendu parler de camps de prisonniers à Petawawa, dans le nord de l'Ontario...

— Arrêtez ! Ne parlez pas de cela, je vous en supplie ! Que lui reprochent-ils ? Il n'a jamais montré la moindre sympathie pour les fascistes et Mussolini. C'est même à cause de l'arrivée au pouvoir du *Duce* que nous avons renoncé à retourner au pays ! Pourtant, les Abruzzes lui manquent, son père lui en a tant parlé...

— Je sais, Bianca. Je suis sûr qu'il saura trouver les mots pour convaincre même s'il est évident que cela ne sera pas simple. Tu sais bien qui se trouvait parmi sa clientèle régulière...

— Et alors ? Tolomeo et sa clique ne parlaient jamais de politique ; Errico avait été formel, et personne n'a jamais enfreint l'interdiction !

— Personne, sauf cette fameuse fin d'après-midi quand Valchiria a tenu la caisse en votre absence. Guido a dû s'en apercevoir, il a grimpé sur un tabouret et a scandé des refrains fascisants. C'est là que la bagarre a éclaté. Quelqu'un, un communiste, un anarchiste ou tout simplement un indic l'a dénoncé, et voilà ! Des petites frappes sans cœur, il s'en trouve bien assez pour arrondir leurs fins de mois en vendant un compatriote. Tiens, ça peut même être un passant rentré dans le café pour savoir de quoi il retournait et qui, entendant ces paroles insupportables, s'est plaint à la police. Va savoir ! Tant de gens passent dans ce café !

Moi, Valchiria, je sais qui c'est. C'est Ottavio qui a déclenché la discussion par quelques phrases avant qu'elle s'envenime. Tolomeo n'est jamais monté sur le tabouret pour parler du *Duce*, c'est Ottavio qui a montré du doigt son adversaire politique en le traitant de lâche et d'enfant de putain. J'ai essayé de lui dire de se calmer, mais on m'a gentiment envoyée promener. Des verres ont été cassés, et ce n'est qu'au retour de mon père que les choses se sont apaisées. Il faut dire que sa carrure et son visage de boxeur suffisent pour imposer le respect, il ne faut qu'un frémissement de sa moustache et de sa paupière pour que le silence gagne l'établissement. Cette fois-là, il y est allé, les poings les premiers, et a été si vif qu'on a retrouvé quelques dents en or sur le sol. Les restes du pugilat, mon père me les a tendus dans un mouchoir en me faisant un clin d'œil.

— Ça ne remboursera pas tous les verres, mais ils nous doivent bien ça, les sagouins ! Rappelle-toi, ma Valchiria chérie, la politique n'apporte rien de bon, surtout chez ceux qui ne font que parler et ne prendraient jamais le risque de s'exposer pour défendre une idée. Si tu veux un conseil, tiens-toi loin d'eux, et prends le parti des pauvres. Allez, viens vite m'embrasser et file te coucher ; ta mère va encore nous faire une scène et elle aura raison ! *Su ! Su !*

Mon papa ne mérite pas qu'on lui reproche quoi que ce soit : jamais il n'insulterait sa terre d'accueil. C'est son père qui est arrivé avec lui dans ses bagages au début du siècle pour participer à la construction du Canadien Pacifique, le chemin de fer qui relie l'est à l'ouest du pays. L'Amérique doit beaucoup aux Italiens : au XVe siècle, c'est Giovanni Caboto qui revendique Terre-Neuve ; en 1682, c'est Enrico di Tonti, membre de l'expédition de Cavelier de La Salle, qui découvre l'embouchure du Mississippi. Les Canadiens ont la mémoire courte, même moi je m'en souviens alors que je n'ai que 14 ans ! Et c'est ainsi qu'on nous remercie ? Nous suons sang et eau pour eux, ravalons notre fierté quand ils nous traitent de mafieux, portons leurs valises à l'hôtel, égayons leurs soirées avec notre musique, travaillons dans leurs mines, ressemelons leurs chaussures… Tout ça pour des salaires de misère, et en plus on nous envoie dans des camps pour criminels ? Mon père m'a pourtant répété que le Canada est une terre d'accueil !

— Si nous n'avons pas de nouvelles demain, j'irai moi-même à la police pour en savoir davantage ! Mais il paraît que nos droits civiques pourraient être suspendus pour une durée indéterminée ! Est-ce que vous croyez qu'ils nous renverront en Italie ?

— Mais nous renvoyer où, Aurelia, où ? Quarante ans que nous avons quitté l'Italie ! Quarante ! Nous n'avons plus rien là-bas. La petite et son frère sont nés ici, qu'attendent-ils de plus ? Qu'on renie nos origines ? Ici, c'est chez nous !

— C'est décidé.

— Quoi ?

— Si Errico s'en sort, ensemble, nous irons tous à l'état civil pour angliciser notre nom de famille. Nous vendrons le café et nous installerons ailleurs, loin des regards suspicieux.

— Non, maman !

Elles ne s'étaient pas rendu compte de ma présence et se sont précipitées en haut des marches. La tête enfoncée dans le traversin de mon lit, je les entends toquer à la porte et je pleure de rage et d'injustice. Jamais, je ne me suis sentie aussi italienne que ce soir.

Rive-Sud, 2019

L'application vient de m'indiquer qu'on cherche un chauffeur à quelques blocs d'ici pour aller au centre-ville. Après un service de quatorze heures, je suis fatigué et rentrerais bien dormir, mais il faut que je gagne ma croûte pour que les petites puissent faire des études. Elles ont des aptitudes, et ça me coûtera cher ! Dans la rue Saint-Charles, les maisons de brique succèdent aux maisons de pierre percées de vérandas qui donnent son charme typique à Vieux-Longueuil. Je passe devant la cocathédrale Saint-Antoine-de-Padoue, jette un œil attentif à son dôme byzantin et tourne sur le chemin de Chambly. Il se dit que c'est la plus ancienne route du Canada, mais je n'ai guère confiance en ces classements. En tout cas, les gens ont les moyens, ils couchent pas dehors, icitte ! Ah, y a des travaux, là-bas, la route est barrée. Bon, demi-tour.

Au train où vont les choses, étant donné la conjoncture économique, les habitudes de consommation et cette maudite dictature du pratique, il faudra que je passe encore plus d'heures au volant pour boucler les fins de mois. Avec la hausse de la demande, les prix de la course chutent, et de plus en plus de personnes proposent leur voiture et leur temps libre afin de « muscler » leur budget en conduisant les gens trop paresseux pour aller à pied, à vélo ou en bus.

La bonne nouvelle, c'est que, comme il est tard, la course devrait me rapporter une trentaine de dollars. Je presse sur le bouton « Accepter la course » : maintenant, j'ai cinq minutes de calme avant de récupérer les clients, sûrement de la viande saoule. Je pianote sur mon téléphone et sélectionne la chanson *Lovely Day*, de Bill Withers, appuie sur *play* et démarre.

« When I wake up in the morning, love
And the sunlight hurts my eyes
And something without warning love
Bears heavy on my mind.

Then I look at you
And the world's alright with me
Just one look at you
And I know it's gonna be a lovely day. »

Quitter Kaboul pour devenir chauffeur de taxi, j'avoue que je ne m'attendais pas à une telle descente. Il fallait préserver ma famille de l'assassinat qu'on nous promettait. Il faut dire qu'entre mon poste de directeur d'une ONG qui favorisait l'émancipation féminine par l'éducation, la liberté de notre famille – ma femme et mes filles ne sortaient jamais voilées –, j'avais de quoi fâcher les talibans. Par un après-midi de juin, trois barbus étaient entrés dans mon bureau. Le plus jeune, beau comme un prince sous son turban marine, m'avait montré du doigt et avait pointé sa gorge en annonçant simplement : « Demain ! » Le message était passé, et le soir même j'emmenais ma famille à l'aéroport.

Habib, l'un de mes cousins éloignés, avait émigré au Québec en 1985 pour fuir la guerre contre les Russes.

Lui et sa femme Storei sont venus nous accueillir à notre arrivée à l'aéroport Pierre-Elliott Trudeau. Grâce à eux, nous ne nous sommes pas effondrés au pied du mur qui se dressait devant nous, et ils ont été nos meilleurs guides dans les méandres de l'administration et des procédures d'immigration.

Fils de médecin et médecin moi-même, diplômé d'un master en gestion à l'université parisienne d'Assas, trônant hier encore parmi les notables de mon pays, je suis devenu chauffeur Uber avec le statut de réfugié politique. Et tout le monde trouve ça normal. Car ils sont nombreux, les gens comme moi, cochers modernes, à se retrouver les mains sur un volant avec un pare-brise pour seul panorama et l'air conditionné comme éther.

« *When the day that lies ahead of me*
Seems impossible to face
When someone else instead of me
Always seems to know the way.

Then I look at you
And the world's alright with me
Just one look at you
And I know it's gonna be a lovely day. »

Tout à l'heure quand je rentrerai chez moi, à Pointe-aux-Trembles, je ferai un saut au Tim Hortons en espérant qu'il y aura encore quelques bricoles à manger. Je prendrai peut-être un soda et un muffin aux bleuets, même si je sais que ce n'est guère bon pour la santé.

Une fois n'est pas coutume, un peu de sucre me remontera le moral ! Je dois quand même surveiller mon taux de cholestérol qui, selon les dernières analyses, n'est pas fameux. En Afghanistan, je pétais le feu ; ici, je me sens gras, flasque. La faute à ce maudit métier ; le cul posé sur un siège toute la journée, que faire d'autre que grignoter pour passer le temps ? Un peu de lecture aussi, et des sudokus mais, à peine ai-je commencé, mon téléphone cellulaire se remet à vibrer. L'appel de l'appli. La plaie. Avant, j'arrivais à faire quelques étirements et des exercices physiques lors des pauses, mais il y a tant de courses que je ne peux pas refuser, au risque de me faire mal voir par mon répartiteur et de moins travailler.

Quand j'aurais suffisamment d'argent de côté, nous irons nous installer plus à l'ouest, ou sur la rive méridionale, même si les loyers y sont délirants. On ne peut pas vivre décemment ici ; les gens sont charmants mais l'ambiance est lugubre dans l'est de l'île. Les usines et les entrepôts désaffectés succèdent aux habitations de brique et de béton mal agencées et mal isolées. En plus, il est impossible de faire une course sans sa voiture ; c'est l'empire des centres d'achats et du *fastfood*. À l'endroit où je vis, les temples de la consommation n'ont pas d'inquiétude à avoir : ils ne désemplissent jamais, et les gens grossissent tant et plus, soufflent davantage dans les allées mais ne parviennent pas à changer leurs habitudes. La bonne bouffe, ça coûte cher, et composer un menu équilibré requiert du temps et des connaissances. Avant de nous donner des leçons, que les citadins aisés que je transporte viennent avec leurs vélos vivre quelques mois ici ! Je ne leur donne pas trois semaines avant de prendre leur voiture ou de m'appeler, tiens, pour se faire conduire dans un supermarché à bas prix.

« *When the day that lies ahead of me*
Seems impossible to face
When someone else instead of me
Always seems to know the way

Then I look at you
And the world's alright with me
Just one look at you
And I know it's gonna be a lovely day... »

J'indique que je suis arrivé à destination. Un couple monte à bord. Pas un bonsoir, juste une indication. Je propose une bouteille d'eau ; en réponse, un grognement. Je monte un peu le niveau de musique pour les laisser s'embrasser tranquilles et cuver leur bière. Ce n'est pas encore cette fois que je toucherai un pourboire.

« Tu vises trop haut. Tu vises trop tard. Rien n'est plus possible maintenant que les hommes ignorent ce dont ils sont capables. Tu as malheureusement encore trop du guerrier en toi pour arriver à ce que tu voudrais être. Je te l'ai dit, Fils, je te l'ai pourtant dit souvent : tu écrases trop de têtes pour qu'un jour la tienne ne subisse le même sort. »

Victor-Lévy BEAULIEU,
Mémoire d'outre-tonneau [1968],
Boréal, 2010, p. 73.

LA TRAQUE

Matane ~ Gaspésie-Îles-de-la-Madeleine

C'EST ÉTRANGE, à travers la lunette son visage paraît plus fatigué qu'il y a quelques jours. Sa barbe a poussé, et je ne pensais pas qu'il aurait tant de poils roux. Il porte bien les cernes, ça lui fait des binocles charbonneux qui mettent en valeur ses beaux yeux bleus excités.

Il m'a fallu du temps pour m'approcher de lui, mais ça y est. Enfin. Je vois même sa bouteille d'eau en plastique posée sur le rebord du mirador. Ses doigts se crispent sur la crosse de la carabine, et je voudrais lui dire de souffler un peu, parce que, respirer, on ne sait jamais quand cela peut s'arrêter. Sur son front, une GoPro tremblote. Immuables caméras, affligeantes vigies de nos platitudes quotidiennes ; les gens savent si peu ce qu'ils font qu'ils ont besoin d'images pour vérifier qu'ils n'ont pas rêvé. C'est surtout pour le retour à la civilisation que l'onéreux accessoire est important : la séquence gonflera d'autant le récit fait aux vieux chums d'enfance venus écouter les dernières aventures de l'homme des bois.

Cinq jours à attendre que passe un orignal ! J'avoue que le bonhomme a de la volonté. Contrairement à d'autres guignols qui font semblant, lui a vraiment l'air de souffrir. Les mouches à chevreuil et les maringouins se disputent pour savoir qui aura le dernier morceau de son visage pas encore dévoré, et j'avoue que le voir obligé de rester immobile est comique. Il ne peut faire le moindre geste pour se débarrasser des importuns sous peine de donner l'alerte à sa proie qui se tient juste en face, à quelques mètres de distance. Je sais qu'il attend qu'elle se mette de profil pour lui tirer dans les poumons ; c'est le coup parfait qu'il a appris au stand de tir et qu'il est bien décidé à pratiquer dans la réalité. On verra combien la bête pourra courir de distance avec la balle qu'il lui prépare, voilà ce qu'il doit se dire, fort de son arme et sûr de sa puissance.

Il pleut. Le poitrail de l'animal fume comme un sauna, et ses naseaux expulsent une vapeur blanche. Si le chasseur regardait dans ma direction, il verrait une face barbouillée de boue et barrée par une rangée de dents qui lui sourit. Sauf qu'il ne regarde pas dans ma direction, l'imprudent ! Il préfère rester concentré sur l'être qu'il veut tuer. Un gros mâle, 450 livres à mon avis, et puis un sacré panache, une quinzaine de pointes composent sa ramure. Aucun doute, après l'avoir détachée de la boîte crânienne à la tronçonneuse, il pourra la mettre sur ses épaules, et ça fera de belles photos pour la famille au retour. Pas de chance, je suis placé entre l'orignal et lui, et la croix dans la lunette autant que le point rouge sont parfaitement alignés sur son œil. Moi, je ne vise pas les poumons. La bête a à peine réagi quand le coup est parti et, le temps qu'elle comprenne que la balle ne lui était pas destinée, la voilà disparue dans les taillis.

En avançant vers le défunt, une pelle à la main, je regarde le faîte des arbres qui bruissent d'un air nouveau. Une brume légère embrasse les troncs, et les nuages forment un plafond compact au-dessus de la cime des bouleaux jaunes qui se partagent le sol gras et généreux avec les érables, les hêtres, les pins blanc et les sapins baumiers. Leur écorce dorée éclaire l'ambiance grisâtre. Dans quelques heures, la pluie va cesser.

Le trou est suffisamment profond maintenant, j'y place le corps et le fusil, les recouvre de terre puis reconstitue un semblant de sol forestier. Pas de message, pas besoin.

Quelques heures de marche, et me voilà au bord du lac. Je monte dans mon canot, dépose mon arme bien rangée dans son étui et me saisis de la rame en adressant un signe de tête amical au castor qui traverse le lac en sens opposé.

Il y a longtemps que je ne fais plus de tir de sommation. Je ne menace pas, j'exécute. Armée d'une carabine longue portée, je suis la petite main de la faucheuse qui n'a pas le temps de venir jusqu'ici pour prendre ce qui lui revient. J'ai décidé de monter au feu, à travers bois, de traquer le chasseur pour défendre sa proie. Les gens diront que je suis une meurtrière, c'est vrai ; que je tue des innocents avec préméditation, c'est vrai aussi ; que je mérite de finir mes jours en prison et que c'est scandaleux puisque les chasseurs sont en totale légalité et que, surtout, ils ne me font aucun mal. Donc, de quoi je me mêle ?

— Pourquoi elle vient encore nous achaler avec ses principes, Diane-la-fatigante ?

Diane-la-fatigante, voilà ce que j'entends depuis que je suis en âge de raisonner. Voilà ce que me disent tous ces égoïstes qui ont la loi pour eux et n'ont qu'« empathie » à la bouche, obsédés de tolérer les autres pour être sûrs qu'on accepte leurs comportements d'enfants rois, de jouisseurs impénitents, de tueurs à la petite semaine. Ici aussi, comme dans tous les pays où l'on n'a plus besoin de chasser pour se nourrir, on vante le retour à la nature et l'expérience du sauvage comme une preuve nouvelle d'hominisation. Ici, porter un fusil, c'est se sentir de nouveau conquérant des grands espaces, c'est rendre hommage à nos pionniers, défricheurs et glorieux ancêtres. Et puis, au fond, tout cela n'est qu'un jeu, un loisir, du beau sport ! Certains poussent même le vice, une fois rentrés chez eux, à dire qu'ils ne font de mal à personne, seuls dans les bois. Par conséquent, qui suis-je pour juger ?

Qui suis-je pour juger ? De quoi je me mêle, moi, Diane-la-fatigante ? Mais qu'ils le veuillent ou non, ces caves, nos vies sont liées par l'écosystème, et le comportement de ceux qui, sur leur temps libre, dégomment les animaux pour le plaisir et, occasionnellement, pour remplir leur assiette, a une conséquence sur mon mode de vie. Alors, j'achale parce que, criss ! je vais devoir moi aussi payer pour ceux-là, qui sont de plus en plus nombreux à en croire les journaux et les statistiques ! Donc, j'ai décidé d'arrêter de discuter, de chercher à convaincre parce que je sais, en une phrase, qui peut entendre raison ou non. Contre les irréductibles irrationnels, sans mauvais jeu de mots, j'ai pris les armes, pour rectifier le tir.

D'où me vient cette haine des inconséquents, des vernis ingrats et des brutes affligeantes ? De mon enfance, sans doute. Ma mère m'a dit que j'étais une enragée depuis toute petite. Mon père et elle avaient pourtant fait ce qu'il fallait pour m'apaiser : des bisous, des discussions soutenues, de l'écoute, des cours de chant, de danse et de piano, des poupées, des dessins animés où les princesses endormies attendent qu'on les délivre. Je les remercie pour ces attentions. Aujourd'hui, je suis une bonne danseuse, tiens bien le micro sur du Céline Dion même après cinq pintes d'IPA, ne renâcle pas face à un grand pot de crème glacée devant un Walt Disney et suis attendrie en revoyant mes vieilles poupées, mais la haine est là. En plus, je suis une fille, une fille qui a toujours voulu faire des choses supposées masculines : bâtir un feu, manier la cognée, courir longtemps, grimper aux arbres, bricoler en même temps que cuisiner, recoudre des boutons et transformer une grange ruinée en un cabinet de curiosités. J'appelle cela savoir vivre par moi-même, sans assistance.

Ma mère était une championne de tir, une athlète et une danseuse hors pair, une amazone ! Ambitieuse pour elle, son couple et sa progéniture, capable de piloter un hélicoptère le jour et de revêtir une robe de bal le soir. C'était une femme douce mais avec un caractère en acier trempé et un esprit pétillant servi par un humour ravageur qui désamorçait la moindre tension. Plus discret, mon père m'a initié aux autres méthodes auxquelles j'aspirais pour être libre. Artisan de son état, cultivé, cuistot, bricoleur, hockeyeur et peintre, c'était l'homme le plus viril que je connusse. Six pieds quatre de haut, 200 livres de muscles et de tendresse. Sur ses épaules, j'ai découvert la nature et, entre ses bras, comment se servir de mes mains pour planter des clous et raboter une planche, jouer au hockey ou à la guitare électrique, mais aussi lire, couchée sur le dos.

Et puisqu'on jase de livres, c'en est un qui m'a donné le souffle nécessaire pour entreprendre ma croisade. *Les Racines du ciel*, de Romain Gary. Roch, mon amoureux de l'époque, me l'avait glissé dans la poche au moment de prendre sa voiture pour retourner chez lui, sur l'île de Vancouver. Émue de cette séparation, j'étais rentrée de mon côté en serrant la briquette de papier dans ma poche. Le soir, la soupe refroidissait dans la casserole, et moi je lisais à en devenir aveugle. Aux premières lueurs de l'aurore, ma décision était prise, j'allais traquer les chasseurs et les pêcheurs pour leur régler leur compte, comme Morel, le héros du roman. Si la nature continuait d'être détruite, exploitée et vampirisée, j'allais faire le maximum pour en éradiquer les causes. Le gouvernement ne faisait rien, corrompu jusqu'à l'os, aux urnes et aux caisses pleines de votes et de piastres de ces tueurs passionnés. Il ne voulait pas protéger notre patrimoine commun ?

Je m'en occuperais bien seule. Les viandards allaient enfin payer, même si leur vie serait insuffisante pour rembourser leur dette à la nature.

Pour savoir par qui commencer, rien de plus facile, je suis aux premières loges : je travaille dans une armurerie. Toutes mes journées, je les passe à fourguer casquettes, fusils, couteaux, treillis, jambières, cannes à pêche, épuisettes, hameçons ou bottes, parfois tout ça à la fois, parce que quand on aime on ne compte pas. Les clients sont aussi bien des spécialistes que des novices qui veulent se faire la main sur du petit avant de s'attaquer au gros.

— On prend une semaine de vacances pour aller dans une pourvoirie du côté de Percé, parce qu'on veut être sûrs de revenir avec une récolte. On travaille tellement fort toute l'année pour des moments comme ça qu'on met le maximum de chances de notre côté, tu comprends. Fait que, moi, je veux beaucoup de précision pour le champ de tir, mais surtout la chasse. Cette carabine-là, pour les ours, elle est comment ?

— Elle est parfaite, mais il faut que vous pratiquiez régulièrement avant d'aller sur le terrain parce que sinon, avec ça, vous risquez de blesser l'animal et de ne pas le retrouver. Il mourra en souffrant, et ce serait dommage de perdre une belle bête pour rien. Je vous conseillerais de prendre un calibre plus modeste. Pas de honte à avoir, mieux vaut faire un beau coup avec un petit calibre que tirer dans les intestins et gâter la viande avec un gros.

— Je comprends, sauf que moi, là, je pars la semaine prochaine. Donc, je vais mettre un peu plus d'argent pour acheter un fusil qui ne me fera pas rater mon coup, avec un bon télescope. Pis, tu me mettras deux boîtes de munitions supplémentaires, que je pratique un peu avant d'y aller, si j'ai le temps… On paie suffisamment cher, là, j'espère ben que je ramènerai quelque chose. Hey ! Éric ! Elle est pas fine avec les clients, ta stagiaire, hein ?

— Je ne suis pas stagiaire, je travaille ici depuis deux ans et…

— Salut, à la prochaine !

Lui, là, je me le garde pour plus tard, rien ne presse. C'est un être insignifiant, con comme une brique, et qui devrait s'abîmer suffisamment la clavicule en pratiquant avant d'aller dans les bois, ou justement ne pas y aller. Mais c'est promis, je ne le raterai pas la prochaine fois. Ma cible à venir, c'est René Laframboise, un boucher, un coriace, prêt à passer des jours sous la neige avant de s'en servir comme buvard pour recueillir le premier sang de l'animal qui s'écroulera dans le silence et l'incompréhension. Je l'avais loupé de peu l'hiver dernier, cet osti de trou du cul, quand il était parti en famille afin de remplir son frigo de faune sauvage. On fait comme ça en famille, chez les Laframboise ; le vice, ça se transmet jeune, et tout le monde doit avoir sa ration de sang. Avec sa femme, ils avaient embarqué leurs deux enfants dans le camion Land Cruiser auquel était accrochée une remorque chargée d'armes, d'une scie mécanique, de carburant et d'un quatre-roues pour tracer les pistes. Il y avait aussi de la bouffe pour tenir un siège et le matériel de camping dernière génération, qu'ils n'utiliseraient jamais puisqu'ils ne passeraient qu'une journée dehors. Peu importe, ici, faut montrer qu'on a de quoi prétendre au titre de chasseur sportif.

J'étais arrivée sur les lieux quelques heures avant, à pied comme toujours. Pas question d'utiliser les mêmes moyens qu'eux. Connaître ses ennemis passe, leur ressembler, jamais ! J'avais sauté du bus qui faisait la jonction entre Mont-Louis et Matane, quelques kilomètres à l'ouest du lieu de leur chasse. Une fois dehors, le froid m'avait mordu le bout du nez, j'avais croqué une dernière fois dans mon trognon de pomme et l'avais jeté à un écureuil qui tentait de se protéger du froid derrière sa queue touffue, puis j'avais coupé à travers bois au pas de course. Comme je ne me déplace qu'avec mon arme démontée dans un sac à dos, quelques balles et deux ou trois poignées d'amandes, je suis légère comme un flocon, et mes escapades en nature depuis que je suis toute petite m'ont donné le souffle et la vigueur nécessaires pour traquer les fumiers pendant des jours. Pour l'eau, je bois dans les ruisseaux ou suçote de la glace. Sous ma tenue étanche, blanche pour l'hiver et kaki aux autres saisons, j'ai une cagoule qui ne laisse voir que mes yeux et mes lèvres. Je porte des mitaines, un capuchon, des mocassins, une vareuse et des pantalons de peau cousus par mes amis micmacs. Avec ça, je suis au chaud pour des jours et des jours, et peux même dormir sous les branches d'un sapin sans risquer la moindre gelure.

Ces vêtements, je les dois à deux caribous presque albinos que des chasseurs avaient tués sur un territoire autochtone alors que l'espèce était protégée. Mais un beau trophée valait bien de prendre un risque. Ce risque, je le leur avais fait payer. Installée confortablement sur une couverture blanche au milieu du bois, j'avais vu la famille, euphorique, attendre que passe la harde. Ce n'est que parce qu'ils étaient avec leurs enfants que j'avais épargné ce couple abominable. Si je n'avais pas réfléchi longtemps avant de prendre ma décision, je me dis aujourd'hui que ça aurait pu être un des plus beaux coups de ma carrière. Aux premières détonations, je crissais mon camp, n'ayant pas eu la force de regarder les dépouilles tirées sur une luge par la motoneige.

Trois jours plus tard, René nous avait rendu visite à l'armurerie. Il nous avait montré ses maudites photos : trois bêtes magnifiques chargées comme des sacs à l'arrière d'un *pick-up* neuf. Il nous avait raconté que, le soir de cette chasse, tout le monde à la maison était très joyeux, et qu'il ne savait plus si c'était la Molson fraîche ou la baise qui avait été la meilleure. Ce porc avait dit ça en mimant quelques va-et-vient du bassin et en me regardant dans les yeux avec un sourire narquois. Le gérant avait ri de bon cœur, frustré qu'il était de ne plus pouvoir retrouver son pénis sous une bedaine remplie de viande du supermarché.

— Ça va, Diane, j'te niaise ! C't'une *joke* ! Tu sais quand même que tu travailles dans un magasin de chasse ! Tu t'attends à de la poésie ? Mais c'est *tough* dehors, dans la nature. Ah ! ces jeunes féministes, elles ne supportent plus qu'on leur parle franchement. M'étonne pas que nos fils aient du mal à savoir s'ils sont des tapettes ou s'ils sont simplement castrés. Ha ha ha !

— Peut-être que si vous aviez appris à vos fils à fermer leur gueule plutôt qu'à dire des niaiseries, on n'aurait pas à le faire et on pourrait avoir une relation normale dès le départ, non ?

— Qu'est-ce qu'elle a dit, là ? Chaque fois que je viens, faut qu'elle gosse, la maudite !

— Diane, c't'assez maintenant ! Tu peux rentrer chez toi, on aura une discussion à propos de ça à ton retour de congés. René, viens, j'te dois une bonne bière !

Il a éteint l'autoradio, garé sa voiture sous les arbres et coupé le contact. Lui et ses trois amis sont venus au bord du lac pour avoir du *fun* en tirant sur les orignaux mâles aux plus gros bois, pour montrer qu'ils en ont aussi un, de bois, dans le pantalon. Ils ont mis le gilet orange que je leur ai vendu. Pis, ils vont profiter d'être au bord du lac pour pêcher, à la ligne bien sûr, mais surtout sur un bateau à moteur équipé d'un sonar. Pis, ils ont tout prévu, même les machines pour mettre les poissons sous vide. Ils ont planté une tente et installé une cuisine, un vrai camp de base, pis c'est bleu, pis c'est moche, pis ça massacre le paysage. Cette nuit, leur première et leur dernière à la chasse, ils seront saouls comme des cochons, pactés à la bière et au whisky, et ils vont gueuler des chansons d'aventurier. Profitez, bande de caves !

Je dois d'abord faire un tour dans le sous-bois à quelques kilomètres de là. Il y a un autre groupe en train de chasser près d'un bûcher, ce garde-manger où repousse le bois franc dont les orignaux raffolent. Sur un arbre, une pancarte rouge indique « chasseurs à l'affût ». L'affût, chez eux, ça veut dire se poster confortablement dans un mirador. Pendant ce temps, un gars reste au sol, caché derrière un carton imprimé qui représente un orignal, ou alors avec de faux bois, et appelle les mâles en rut en imitant le cri de la femelle en chaleur. Ils sont bons imitateurs mais n'ont pas peur du ridicule. Lassée de leur manège, je ne me suis pas éternisée, et j'ai montré un peu de mansuétude. Au marcheur, j'ai mis une balle dans chaque genou ; au tireur, j'ai arraché les oreilles, ça lui apprendra à se moquer des consignes de la vendeuse qui les encourageait la semaine passée à pratiquer le tir dans un endroit adapté. Les animaux ne sont pas des cibles sur lesquelles on s'entraîne pour s'amuser. J'ai laissé les deux pignoufs s'appeler mutuellement pour obtenir de l'aide puis j'ai poussé le vice jusqu'à démarrer la radio de leur voiture qui jouait *Hello Mary Lou* des Creedance Clearwater Revival. Vu le boucan de l'ensemble, il ne devrait plus y avoir un animal dans les parages avant un moment.

« Hey hey hello, Mary Lou,
Goodbye heart,
Sweet Mary Lou,
I'm so in love with you.

I knew Mary Lou,
We'd never part
So hello Mary Lou,
Goodbye heart! »

En chantonnant, je retourne au camp du quatuor laissé quelques heures auparavant. Quand je pense que certains disent que tout seul on va plus vite, mais qu'ensemble on va plus loin, n'importe quoi ! Seule, je vais plus vite et plus loin que ces gonflés en salles de sport, plein de protéines industrielles. Il fait nuit noire et, comme je l'attendais, ils sont cuits. Je mets d'abord le feu à la cuisine puis tout le campement s'embrase, et voilà mes Rambo de pacotille en bobette et t-shirt se précipiter dans leur grosse voiture et décâlisser leur camp pour rentrer chez leurs blondes raconter leurs aventures. Avec le sentiment du devoir accompli, je gagne la route principale, guidée par les étoiles, et continue ma marche le long de l'asphalte jusqu'à ce qu'un livreur m'invite à monter dans son auto sans poser la moindre question et me dépose chez moi avec un sourire. Ce soir, la nuit est particulièrement douce et reposante.

Comme tous les lundis matin au magasin, la télé diffuse l'émission « Belle chasse » pendant laquelle le même gominé fait la réclame d'un treuil portatif (faut bien extirper la récolte du bois), de lunettes de visée ultra-précises, de pantalons rembourrés aux genoux et de tout un tas de criss de bébelles aussi inutiles que coûteuses. Cette fois-là, le présentateur est dans une réserve pour chasser l'ours. Ils disent « traquer » mais, bien sûr, ils sont trop trouillards pour pister un ours des jours durant. Non, dans ce « petit paradis de la chasse et de la nature sauvage », des caméras identifient les lieux de passage. Le chasseur ne déambule pas au hasard et peut remercier les caméras thermiques qui lui font économiser un temps précieux. Le voilà donc sur une sente fréquentée. Dans une poche, le brave a pris un produit qui sert de leurre sexuel en imitant l'odeur de la femelle en chaleur. L'autre bouteille qu'il porte est pleine d'un mélange à l'odeur sucrée, dont les ours sont friands – mais dont nous n'aurons pas la recette (clin d'œil face caméra) ; elle est vidée sur des barils remplis de nourriture et idéalement placés à quelques dizaines de mètres du mirador.

Après ces aspersions, la chasse peut commencer. Mais, d'abord, le présentateur propose de faire un retour sur la fructueuse chasse à l'orignal d'il y a quinze jours et qui a fait l'objet d'une émission spéciale. On revient donc sur les meilleurs moments et une petite contextualisation (ce n'est pas parce qu'on chasse que l'on est ignorant) : « Les coupes forestières intensives en Gaspésie ces dernières décennies ont laissé de nombreux territoires en régénération et la population d'orignaux a explosé. C'est un paradis pour la chasse. » Ce que ne dit pas l'énergumène, c'est que, comme le tourisme de nature, de chasse et de pêche rapporte annuellement plus de 10 millions de dollars et que des centaines de milliers de personnes sont prêtes à payer pour en être, les tensions montent entre les humains. Les clans se forment, régions contre Montréal, amis d'anciens policiers et simples civils, la législation s'arrête avec l'asphalte. Sur les chemins de terre débute l'impunité et les abus, et les animaux trinquent. Mais Arnaud, le héros de la séquence, s'en câlisse ! C'est un chasseur à l'arbalète depuis cinq saisons, et il a identifié un endroit giboyeux. Planqué derrière un sapin, il laisse à son ami le soin d'attirer l'immense mâle avec de faux cris de femelle. Arnaud patiente longuement, immobile, son arme prête à tirer. La caméra sur son front perd de vue l'orignal, qui a disparu derrière un arbre mais qui réapparaît, impérial. La flèche décochée de l'arbalète à poulies traverse de part en part le poitrail du grand mâle. Il se redresse sur ses postérieurs, surpris d'avoir les poumons en feu, fait quelques pas avant de s'effondrer dans la rivière. Vissés à l'écran, les clients spectateurs s'extasient devant un si beau *shot*. Ce qui me plaît chez les bêtes c'est que, même touchées, elles cherchent à fuir. Elles ont la dignité de mourir plus loin. Les hommes, eux, s'affaissent sur place en râlant.

La séquence suivante est une anthologie des plus beaux tirs de la saison. On voit des gens venir chasser en hydravion, d'autres vont boire des litres de soda ou de bière au bivouac. Comme c'est une émission inclusive, on voit aussi des chasseuses, tremblant d'émotion après avoir tué pendant que leur mari hurle de fierté. Et ça monte sur la dépouille, ça sautille dessus en criant, l'arme en main. Ils feraient mieux de la décharger s'ils veulent éviter de tuer quelqu'un. Ceci dit, un accident me ferait gagner du temps !

« Continuez de respecter la nature, ça nous appartient », dit le présentateur immuablement en fin d'épisode. Le gars avec sa face de vedette de série Z repart dans sa grosse bagnole, en quête de prochaines réserves où sortir ses flingues et tirer sur tout ce qui ressemble à un animal. Le générique, un vieux rock de garage, est supposé motiver les téléspectateurs, et notamment mes clients, qui commentent déjà l'épisode ; ça s'échauffe dans le magasin, ça raconte ses exploits, ça veut acheter du matériel !

La sonnette de l'entrée retentit.

— Salut, la *gang* !

— Ah ! ben, salut, les Laframboise ! On repart en chasse ?

— Oui, cette année le petit a reçu une carabine pour Noël, y'est ben l'temps de l'essayer sur une vraie bête ! On va faire comme l'année dernière, mais cette fois-ci, on partira entre hommes, juste lui et moi. Chasseurs de père en fils ! On va avoir une bonne adrénaline.

— Bravo ! Ce sera comme d'habitude, René ?

— Certain !

Je remplis le paquet avec des cartouches, des barres protéinées, une nouvelle tuque, un gilet orange et une boîte d'hameçons, plus quelques accessoires qui les rassurent. Je tends le paquet au petit et lui demande :

— Tu veux vraiment y aller, toi, dans l'bois ?

— Bien sûr qu'il veut y aller ! Pas d'âge pour se faire plaisir et avoir des sensations fortes comme ça. Sa mère me dit qu'il est encore un peu jeune, donc j'ai promis que j'irais en reconnaissance un jour avant pour préparer le terrain.

— Et pis alors ? Quand est-ce que vous partez pour préparer le terrain ?

— Samedi, à 5 heures ! Je veux être le premier sur place pour m'installer confortablement et ne pas manquer les premiers orignaux, et je vais avoir de l'ouvrage avant d'aller chercher le petit !

— Bon, alors, bonne chasse !

— Toi aussi !

S'il savait.

« Le problème n'est pas que nous ne savons pas, mais plutôt que nous ne voulons, nous ne pouvons plus savoir. Nous n'arrivons plus à être véritablement attentifs à ces fausses notes dans la symphonie marchande du monde. Nous sommes distraits, perpétuellement distraits jusqu'à l'inconscience, et la vie glisse sur nous comme la pluie sur le dos d'un canard. Sinon, comment expliquer autrement cette apathie, cette somnolence, ce coma des facultés morales ? Comment expliquer que nous soyons à ce point sans réaction devant l'horreur du monde comme devant sa beauté ? Tout se passe comme si nous ne croyions plus au réel, comme si nous avions abandonné d'avance l'idée que nous pouvions y vivre. Nous sommes devenus les spectateurs désabusés d'une réalité que notre inattention a vidée de sa substance. Tout ce qui transite par la moulinette médiatique est déréalisé, et ce qui n'y accède pas n'a pas d'existence pour nous. »

Bernard ÉMOND, *Il y a trop d'images, Textes épars : 1993-2010*, Lux, 2011, p. 9-10.

LE VOILIER

Lac Saint-Louis ~ Montréal

AU BOUT DU MÂT, la bannière du Canada se débat dans les bourrasques matinales. Les rectangles sang et neige floqués de la feuille d'érable ressortent magnifiquement, plantés dans le ciel azuré. À chaque fois qu'il voit ce drapeau, Lysandre se renfrogne. Le manque de sommeil, doublé de son agacement, l'oblige à s'y prendre à trois fois pour pianoter correctement le digicode du portail qui ferme l'entrée du yacht-club de Baie-d'Urfé. Finalement, le bip aigre retentit, et Lysandre, après avoir raccompagné la porte d'un coup de pied, trottine vers le bateau de Jonathan. Il slalome entre les barbecues portatifs, enjambe les glacières, hume les saucisses et compte les caisses de bière que les plaisanciers chargent à bord avec entrain avant de prendre un peu d'air frais et de plaisir sur le lac Saint-Louis.

Cette fois encore, Lysandre est en retard, mais la nuit a été longue, et Jonathan n'est pas du genre rancunier, surtout si le retard est dû aux combats qui les animent. À côté de l'embarcadère principal dont le bois vibre sous les pas, une poutre dodeline au rythme du ressac.

Deux tortues y prennent le soleil pour réchauffer leur sang froid. La plus âgée, carapace écaillée d'avoir trop raclé la vie sur des décennies, observe Lysandre dégainer son téléphone pour la photographier. Le son numérique du déclencheur convainc la vieille dame courroucée de lui présenter son arrière-train. Avec grâce, elle fait un cent quatre-vingts degrés en glissant sur le ventre et retourne à son indolence. Lysandre rentre son téléphone dans la poche de son sac étanche et court sur le ponton où *Bon Bagay* est amarré et d'où jaillissent les chants enjoués de Jonathan.

— Tu viens de manquer un spectacle magnifique, Jo !

— Et toi ! Il y a cinq minutes, une grue immaculée, avec son long bec jaune, marchait là, dans le marigot. Au-dessus, un fou de Bassan, immaculé et à tête jaune lui aussi, captait les courants ascendants. Une fusée, un spectacle de voltige gratuit !

— Et donc, la grue ?

— Oui, elle allait et venait le long de la passerelle, tel Michael Jackson faisant le *moonwalk* mais inversé, ses longues pattes désarticulées glissant sur la vase. C'était incroyable ! Elle sillonnait le marécage sans faire une vague, dans un silence de mort. Et puis à un moment : *toc !* Son cou a plongé comme un fouet vers l'eau qui s'est mise à bouillonner et, finalement, la tête de la grue en est ressortie avec, au bout, un énorme poisson. Calme, précision, efficacité, vitesse, puissance, économie de mouvement, maximum d'efficacité, je me suis dit que ça t'aurait inspiré, ha ha ! Et toi alors ?

— Oh rien, une tortue centenaire qui bronzait avec une copine entre deux rafiots : je nous ai vus dans quelque soixante ans.

— Perspective alléchante !

— Mets-en ! Tu as besoin d'aide pour un truc particulier ? Je charge la bouffe, et on y va ?

— Je dois simplement arranger les écoutes de génois parce qu'elles sont tout croches, mais ça ne devrait pas être long. Installe-toi, et remonte-nous deux bières ! On va trinquer.

— À quoi ?

— À nous, mon ami, et aux trois jours qui s'annoncent !

De mai à octobre, les deux larrons avaient convenu de se retrouver une fois par mois pour faire un point, à la voile, au large de l'île de Montréal. Chaque sortie avait un thème, et cette fin de semaine prolongée leur offrait la possibilité d'aborder enfin ce qui les habitait depuis des années : autogestion, émancipation et anarchie. C'est d'ailleurs au cours d'une conférence flirtant avec ces thèmes qu'ils s'étaient rencontrés. Lysandre, beau gosse intellectuel rigoureux, météorologiste envoyé par des organisations internationales mener des missions difficiles, avait été soufflé par l'allant et le grand rire de Jonathan, journaliste vidéaste autodidacte, aussi hyperactif que charismatique. Fasciné par Haïti où il avait vécu pendant des années, ce dernier racontait à ceux qui voulaient le croire que c'était là qu'il avait été conçu. Le duo de trentenaires s'était retrouvé à la même soirée d'hommage à Pierre Falardeau, réalisateur que sa gouaille, sa plume, son physique et son talent avaient rendu célèbre sur les plateaux télé et dans le cœur des jeunes en mal de sensations fortes et d'ambition. Lysandre avait écouté avec attention l'hommage vibrant que Jonathan avait adressé à « un grand Québécois, anarchiste et indépendantiste » devant une assistance conquise. Puis, il avait profité des bières artisanales servies à la fin de la rencontre pour se rapprocher de l'orateur. Comme d'habitude, Jonathan avait répondu à côté à dessein pour retourner l'interrogatoire. Et l'amitié était née, indéfectible.

— Tu peux faire tourner le moteur ? On ne va pas tarder à partir. Une fois dehors, rassure-toi, on enverra toute la toile !

— Pas mal de vent aujourd'hui, hein ? Il est beau ton bateau, Jo, il nous parle. Il craque comme un vieux plancher mais n'a jamais causé le moindre problème.

— Ben, tiens ! Moi, il m'en a causé ! Mais tu n'en sais rien, bourgeois profiteur qui fait peu de cas de nous autres, petits propriétaires manutentionnaires !

— Le plan de route est établi alors ? Tu penses viser quoi ?

— L'île de Carillon via le lac des Deux-Montagnes et la rivière des Outaouais : ça me semble être une belle promenade. On pourra même longuement naviguer au large du parc national d'Oka et y faire un tour ; il s'est passé des choses intéressantes là-bas. Tu vois de quoi je parle ?

— La crise avec les Mohawks, qui ont sorti les armes et se sont révoltés contre les prétentions d'un maire cupide, fan de golf, allié aux promoteurs qui souhaitaient construire un complexe hôtelier, c'est ça ?

— Tu sais déjà tout.

— C'est vrai qu'on devrait prendre le temps de leur rendre hommage. Eux, au moins, ils ont du courage et de la suite dans les idées ! Et ils ne fuient pas à la vue d'un fusil ni d'un treillis estampillés « Armée canadienne ».

— Dis-moi, tu es en forme, ça fait plaisir. On pourra faire tout ça et profiter ensuite de la plage en installant le mouillage à portée d'annexe ! Enfin, on verra bien, ça dépendra aussi du vent.

— Tu es le seul maître à bord, Jo.

— Tu te calmes, le grand ! Ici, il n'y a ni Dieu ni maître, tu le sais très bien.

— Alors, on largue les amarres, camarade ?

— Il est plus que temps !

Jonathan empoigne la barre à roue et met un grand coup de gaz qui fait gicler la poupe et soulève des vagues. Il connaît son bateau par cœur et pourrait sortir du club les yeux fermés, ayant partagé les deux dernières années entre un appartement glacial d'une ruelle montréalaise et la cabine exiguë de son voilier. Deux ans de soirées solitaires à enchaîner les livres, les réparations et les conquêtes. Et avec tout ça, il avait même trouvé le temps de séjourner quelques mois en Haïti en tant que reporter d'images et, surtout, de vivre avec les habitants et de partager leur vie quotidienne. Il était présent au moment du tremblement de terre de 2010 ; dans la débandade qui suivit, il n'avait pas fui, fidèle à ceux qui lui avaient accordé leur confiance. Pendant plusieurs semaines, il s'était porté volontaire pour aider les survivants, fouiller les décombres, charrier les gravats et restituer les dépouilles aux familles. Pour participer à l'effort phénoménal de ses frères haïtiens, qui pansaient leurs plaies, il était resté deux années supplémentaires et avait sans doute, et sans le savoir, croisé Lysandre venu pour une opération d'assainissement de l'eau à Port-au-Prince. De cette expérience, Jo avait parfaitement assimilé le créole des campagnes et peaufiné un éclat de rire coloré qui réchauffait les cœurs en peine, tandis que Lysandre avait gardé son flegme olympien, laissant seulement ses prunelles trahir son émoi, par une flamme un peu plus intense.

Le bateau sort de l'enclave portuaire pour se retrouver, enfin, rossé par le vent qui court sur le lac Saint-Louis, formé par la rivière des Outaouais au nord et le fleuve Saint-Laurent au sud. Sur la rive, des propriétés gigantesques aux pelouses tondues rases et saignées par l'asphalte des allées qui mènent au perron. Les demeures se toisent, à bonne distance les unes des autres. Entre grands bourgeois, on s'observe, on se mesure et, si l'on se mêle, c'est uniquement sur invitation ou parce que le monde est décidément trop petit pour ne pas avoir le plaisir de se croiser « par hasard », comme eux seuls le disent.

— C'est ahurissant, il y aurait de quoi construire des maisons à ne savoir qu'en faire ! Des logements sociaux, tiens, ils seraient bien les pauvres à profiter du large et se nourrir de beau.

— Tu n'y penses pas, Lysandre ! Regarde, à bâbord, tu vois la grande bâtisse grise, un peu cachée dans les bois ?

— Celle qui donne sur la plage avec le ponton et les deux hors-bord ?

— Exact ! Tu sais qui habite là ? Et, mieux, devine combien ils sont !

— Aucune idée.

— Un des patrons de la plus grosse entreprise de travaux publics du Québec. Il partage cette humble demeure avec sa femme, pas d'enfants, mais tout de même quatre chiens si ma mémoire est bonne.

— Ils doivent bien avoir des chats pour se réchauffer le bout des orteils, les soirs d'hiver ! J'imagine aussi que quelques domestiques logent sous les combles, vu le parfait entretien du jardin. Et ça en prend, des petites mains, pour ramasser la merde de ces toutous de race. Sinon ça risquerait de crotter les talons hauts des amies de la maîtresse de maison venues prendre le thé.

— Tu te rends compte que ce gars a bâti sa fortune avec l'argent public ? N'es-tu pas heureux de pouvoir enfin constater où s'en vont les taxes ? Les gens se plaignent et feignent de ne pas voir comment se passe la répartition, alors qu'il n'y a qu'à ouvrir les yeux ! Encore que, cet endroit n'est pas autorisé à la populace : ses plages sont privatisées. Et tu sais notre respect des règles au Québec...

— Trop bien, oui. Celui qui fait qu'on nous prend pour des gentils, "bienveillants mais complexés", alors que nous avons tout en nous pour parler fort et nous faire entendre.

Pourquoi les gens supportent-ils la corruption mais fustigent ou méprisent tout système qui leur propose une émancipation et une prise en main de leur destin ?

— Tu es lancé ? Tu parles de l'anarchie ?

— Pas nécessairement telle quelle, mais enfin, dis-moi, Jo, sommes-nous donc si stupides et couards pour ne pas user de notre liberté ?

Jonathan regarde Lysandre avec affection et amusement, sachant que son ami a toujours aimé se poser des questions dont il a déjà les réponses. Tellement idéaliste quoique résolument pessimiste, il n'arrive pas encore à ne s'étonner de rien. Chacune de ses reprises quotidiennes de conscience le replonge dans la mélancolie de celui à qui les bras tombent d'un coup. Jonathan est fait du bois de ceux qui ne sont jamais déçus par leurs élites puisqu'ils n'en attendent rien. Alors que Lysandre s'en abreuve, Jonathan a délaissé la lecture de la presse et réduit drastiquement son temps d'écoute de la radio à quelques bulletins précis et historiques. Tous deux se sont retrouvés sur un point central : à l'étatisation, ils préfèrent l'autogestion et se sont rangés dans le clan des praticiens assidus de la pensée exigeante de Mikhaïl Bakounine, Louise Michel, Emma Goldman ou Élisée Reclus. Régulièrement, Lysandre fait une courte revue de presse à Jonathan, en échange de quelques pépites livresques, et tous deux ont ainsi trouvé leur rythme.

— Mesdames, Messieurs, je vous présente Jonathan, l'homme que l'on ne prendra plus à espérer, encore moins à voter !

— Tu sais Lys, la communication, ça me connaît ; c'est mon métier. Or, quand on arrive à faire en sorte qu'un individu alphabétisé et fonctionnel supporte ou apprécie l'action d'un élu en lui donnant sa voix, alors même que tout prouve que cet élu agira contre son intérêt et l'intérêt général, ça veut simplement dire que le travail de communication a été parfait. Le bonhomme a ce qu'il mérite puisque, de toute évidence, il ne vaut pas plus que le guignol qu'il a élu. Tiens, borde un peu la grand-voile et prends la barre, tu veux ? Cap sur Dorval, on devrait y être dans une heure. Je vais nous chercher l'apéro. Ma mère m'a rapporté du fromage de Charlevoix et un petit blanc mûri du côté de Yamachiche. Domaine Beauchemin. Tu m'en diras des nouvelles !

— Eh ! J'ai aussi des provisions pour ce soir ou demain – on verra ! Ça vient du lac Saint-Jean, de la ferme à deux pas de chez mes parents. Tu veux savoir ?

— Quelle question ! Aweille ! Accouche, qu'on baptise !

— Terrine de lapin et porc aux bleuets plus sirop d'érable.

— Je meurs...

— Attends, j'ai aussi embarqué un pâté de cerf aux griottes du Nord, whisky et cardamome.

— Aaah, bourgeois ! Et à boire ?

— Bières de saison mais surtout vin de poire. Et un petit cidre liquoreux pour apaiser le feu des cigarettes avec lesquelles, mon cher, nous ne manquerons pas de nous brûler le gosier.

— Alors, santé !

Il a un goût de pierre à feu, ce blanc. Un vin de soif, frais comme le matin, charnu, mais court en bouche et qui fait pétiller la langue. Sur un morceau de pain au levain, le fromage est une pure merveille. Un vieux bleu au lait cru que des amis de Jonathan fabriquent en dépit des interdictions qui font le jeu des producteurs laitiers multimillionnaires en ruinant les petits exploitants fiers de se réapproprier et de montrer les saveurs du terroir.

Cet attachement à son territoire – vivre dans sa province qu'il considère comme son pays – est probablement ce qui a le plus manqué à Lysandre au cours de ses années d'humanitaire. Loin des hivers rudes et secs de son Québec natal, il avait exercé ses talents de responsable de l'assainissement de l'eau dans le Nord-Kivu, en République démocratique du Congo, au cœur de ce territoire maudit qu'est l'Afrique des Grands Lacs. Il en était finalement rentré, en compagnie de la brillante et piquante Chloé, et tous deux s'étaient installés à Montréal.

— Dis-moi, il est pas pire ton blanc ! Je vais t'en reprendre !

— Avec un grand plaisir, mais on va bientôt passer sous le pont entre L'Île-Perrot et Sainte-Anne, donc je suggère que nous nous mettions au travail.

— De l'aventure, enfin ! On s'encroûtait depuis une heure. Ça ne va pas être toute une organisation cette affaire ? On a combien de temps pour se préparer ?

— Faut y aller !

— Jo, tu me fais le coup à chaque fois.

Avec fièvre, Lysandre sonde l'eau pour vérifier la profondeur des parages et crie à Jonathan ses mesures tandis que ce dernier détache la base du mât et lui donne l'angle qui permet à l'embarcation de se glisser sous le pont. Une fois l'obstacle passé, Lysandre se précipite vers la poupe et tire doucement sur le contrepoids pour que le mât reprenne sa place. L'opération terminée, il faut donner du moteur dans les rapides de Sainte-Anne ; le ronflement étouffe les bruits environnants, et chacun se tait, à son poste. Puis c'est l'île Charlotte, et le courant s'apaise. On coupe les gaz, le bateau glisse maintenant plein nord dans la baie de Vaudreuil. Un dernier pont à passer, plus haut celui-là, et *Bon Bagay* vogue sur le lac des Deux-Montagnes. Un pied posé sur le montant du gouvernail, Jonathan respire à pleins poumons puis s'allume une cigarette.

— En vérité, je te le dis, il n'est pas un endroit sur la planète où je préférerais être à cet instant.

— Il faut l'admettre, quel bonheur !

— Mais oui, un bateau, un ami, du vin et de la terrine de lapin. Rien ne manque, sauf le sommeil ! D'ailleurs, le soleil se couchera dans quelques heures, donc il faudrait penser au mouillage.

— Et si nous naviguions toute la nuit ? Le temps est magnifique, autant profiter de la brise, non ?

— Alors, c'est le moment de sortir tes douceurs. Il doit rester du pain frais dans le carré. Et remonte un second couteau, que je puisse trancher fin les légumes !

— Tiens !

— Merci, l'ami.

— Mon Dieu... On est tu bien ?

— Mon gars, c'est malade ! Tu vois, ce luxe, réel, n'est pas si inabordable que cela. Un voilier ne coûte pas si cher et, pour peu qu'on les initie, je suis certain que les gens seraient heureux à notre place, même si le confort n'est pas parfait.

— Oui, et puis il y a une certaine forme de contrainte à pratiquer la voile. J'y vois un refus de se conformer.

— C'est-à-dire ?

— Embrasser la discipline, réduire son confort, c'est plutôt à contre-courant, tu ne trouves pas ?

— Tellement !

— On nous pousse davantage à nous comporter comme si nous étions seuls que comme faisant partie d'un tout. Par exemple, ici au Québec, les habitants ont oublié qui ils étaient avant de devenir des serviteurs zélés de la consommation...

— Lysandre, t'énerve pas...

— Ben là ! Regarde cet été, caniculaire comme d'habitude depuis dix ans. Malgré une centaine de morts dans la province, qu'ont fait la plupart des gens pour leur confort ? Ils ont acheté un climatiseur individuel ! On leur dit que refroidir l'intérieur réchauffe l'extérieur, et ils s'en câlissent ! Comment faut-il leur parler ? Depuis quand tout a-t-il dégénéré ?

— Depuis toujours, Lys, sauf que, maintenant, nos joujoux ont une capacité de nuisance immense. Tiens, regarde cette crisse de *gang* sur leurs motomarines...

C'était un moment important, une date clé pour les affiliés de March, la plus grosse compagnie d'assurances au Canada. Tous les ans, c'est devenu le rendez-vous à ne manquer sous aucun prétexte, une réunion marquée dans les tablettes numériques de chaque adhérent détenteur d'un jet-ski : la remontée du fleuve Saint-Laurent au départ de Montréal jusqu'en Ontario. Pendant trois jours, une centaine de privilégiés parcourt sur son engin, à fond de train, un itinéraire soigneusement pensé par le service marketing du groupe. Si payer un supplément de 40 dollars chaque mois parce qu'on est propriétaire d'un bidule qu'on utilise à peine vingt fois par an peut sembler saugrenu, l'immense majorité ne se pose même pas la question au moment de renouveler son abonnement. La sortie annuelle est à ce prix, avec à la clé barbecues, bière, vin et cours d'œnologie. Les flûtes à champagne tintent au moment du discours du directeur général venu spécialement du siège, de Toronto. Sa présence n'a qu'un seul but, féliciter les adhérents et leur donner le sentiment qu'ils sont uniques. « Votre fidélité, c'est notre priorité parce qu'elle est notre liberté et la possibilité pour nous de vous montrer, chaque année, combien vous nous êtes précieux et méritez qu'on vous traite ainsi. » Chaque édition fait l'objet d'un numéro spécial de *Motomarine magazine, Le mensuel qui vous apprend toujours plus sur votre passion*. Une couverture en papier couché avec un cahier photos de 24 pages : retour sur les événements, les jeux et les soirées organisés sur un immense ponton modulable aménagé au bord du fleuve.

— C'est donc vers ce destin que s'en vont ces zouaves, quelle misère ! Avec ce qu'ils dépensent par an, ils pourraient largement se payer un voilier et une place dans une marina.

— Laisse-les vivre ! Ils ne font de mal à personne.

— Comme il n'y a plus de poisson près des rives, il devient difficile de pêcher à pied. Les fabricants ont donc inventé des modèles qui, dans des eaux agitées, offrent "une stabilité incomparable lorsque la motomarine est immobile grâce au mode basse vitesse, idéal pour la pêche à la traîne". Elle promet une belle dose d'adrénaline à chaque sortie ! Je le sais, j'ai regardé le *Motomarine* de l'année dernière dans la salle d'attente de mon dentiste. Sincèrement, je n'arrive pas à comprendre.

— Laisse-les vivre ! Toi-même, tu n'es pas exempt de tout reproche.

— Certainement pas, je suis un Occidental.

— Et alors ?

— Alors, il me semble bien qu'ils vivent déjà sans me demander mon approbation et que, par ailleurs, mon discours, qui est aussi le tien, je le sais, n'est pas majoritaire ici, donc je me dis que j'ai quand même le droit de donner mon avis. Dans toute cette histoire, comme de façon générale, Lys, on nous prend pour des cons et des incapables.

— Vas-y, tu m'intéresses.

— On nous prend par les sentiments, du coup nous ne réfléchissons plus à nos propres actions et à celles des autres. Ta réflexion sur le fait de les laisser vivre sous-entend : “Ne sois pas trop dur ni cruel avec ces gens, qui ont leur liberté de mouvement !” S’opposer à cela est autoritaire ; donc, la conversation tourne court.

— Oui, parce que toi, qui ne supportes pas la moindre atteinte à ta liberté, tu ne voudrais pas passer pour quelqu’un qui empêche les autres de vivre.

— Exact !

— Et puis surtout, on nous intime l’ordre de ne jamais juger.

— C’est en plein ça ! Là aussi on nous prend par les sentiments. “Sois bien gentil, Jo ! Ne juge pas les autres, Jo ! Ils ne te font rien à toi, Jo.” Et toutes ces stupidités qu’on nous fiche dans le crâne dès l’école et qui nous empêchent d’émettre la moindre critique, ce qui inclut l’autocritique.

— Mais tu n’es pas assez naïf pour croire que ce procédé est fait pour autre chose que préserver la tranquillité des affaires. “Quand les gens commercent, ils ne se font pas la guerre.” Le commerce, c’est la paix ; et la paix, c’est la guerre, Jo ! Nos comportements sont devenus déments, nous sommes fous. Hier, en allant m’asseoir dans le bus qui me ramenait de Québec, j’ai jeté un œil aux passagers et à ce qu’ils sortaient de leurs sacs. Tous avaient des snacks multicolores ultrasalés et suremballés ainsi que des bouteilles de plastique individuelles. Tous, Jo ! Tous !

— Et laisse-moi deviner : quand tu es parti, tous ces délices manufacturés sont restés dans le bus, au sol ou sur les sièges. Charge à l’immigrant payé dix piasses de l’heure de nettoyer.

— Bien sûr ! C'est un Nigérian arrivé au pays il y a trois mois qui s'est occupé de l'affaire. Il est resté debout près de la porte, à attendre que les passagers soient descendus pour agir sans déranger. Je suis resté assis à ma place parce que je voulais lui poser quelques questions. Mais il y a répondu évasivement.

— Pas envie de se faire reprocher d'avoir discuté avec la clientèle ?

— Ah ! Peut-être... Probablement, en fait !

— Je comprends, j'aurais trop peur de perdre ma *job* pour un curieux. Ça fait combien de temps que nous sommes partis ? Six heures déjà. Le temps file, mais nous aussi. Notre progression est si bonne que nous arriverons dans la nuit ! Tu as faim ?

— Pas tellement. Je pense que boire un peu d'eau me fera du bien ; je me sens un peu aigre, et désespéré. Nous ne forcerons pas les gens à penser pour leur bien, contre leur gré. La lutte est trop longue et le travail trop grand.

— Ah ! Lysandre qui se décourage, on aura tout vu. Embarque à nouveau, ne te laisse pas démonter ! Il y aura des heures douces et des jours encourageants. Et tant pis si nous n'y parvenons pas, nous aurons vécu de beaux moments, et nous aurons essayé. Et puis ne fais pas comme si on pouvait agir autrement ! C'est notre façon à nous de vivre. Être à la marge, on y prend un malin plaisir. Allez, lâche pas ! Et peux-tu faire un *check* sur la table à cartes, voir comment se présente la suite ? J'ai un doute sur la profondeur autour de l'île. Comme nous arriverons de nuit, autant nous préparer tranquillement.

— J'y vais !

Le bateau vogue à bonne allure vers l'ouest, et le soleil n'en finit pas de mourir à l'horizon. La nuit a fait main basse sur tout, seules les lumières des habitations et seuls les cris de leurs occupants marquent en pointillé le tracé de la rive. L'air fraîchit, la bruine monte lentement du fleuve, et le ciel tricote de fines nappes de nuages blancs. À bord : le doux clapotis sur la coque, le vent dans les voiles qui fait chuinter les haubans et grincer la bôme.

Épuisée d'avoir plongé et pêché toute la journée, une femelle fou de Bassan s'est posée sur le pont et furète à la recherche de miettes. Sa démarche maladroite la conduit jusqu'au safran qui glougloute dans l'eau noire. Une lumière jaune sort du carré vers lequel elle se rend. À l'intérieur, les deux amis s'affairent. L'un range, l'autre cherche sur une carte le meilleur mouillage. L'oiseau semble subitement gagné par la nervosité et tourne la tête de tout côté pour prendre ses repères. De guerre lasse, il s'assoit finalement au milieu du cockpit pendant de longues minutes. Il n'y a que les rires et le tintement de la vaisselle qu'on range qui troublent sa quiétude. Finalement, il reprend sa marche et se dirige vers le tableau arrière, d'où il s'envole. Illuminé par le rouge et le vert du compas, l'œuf que la femelle vient de pondre roule tranquillement.

— Vu la taille, je pense que c'est un œuf de fou de Bassan, mais je ne comprends pas comment il a pu arriver là… Normalement, ces oiseaux nichent du côté de Percé, en Gaspésie, à plus de 1 000 kilomètres ! Vraiment, c'est incompréhensible…

— Effectivement, c'est étrange, et pis je doute que la mère ait voulu nous en faire cadeau pour le repas du soir. C'est très bien qu'on arrive sur l'île et qu'on mouille au sanctuaire des oiseaux, on va essayer de trouver un nid et l'y déposer. Même si je sais que la plupart des volatiles sont des canards, avec un peu de chance... Au pire, on confiera l'œuf aux bons soins des gardiens, et peut-être aura-t-il une chance.

— En attendant, il faut qu'on le mette au chaud pendant les heures qu'il nous reste. Tout de même, avoir pondu là, si loin des rives... Bah ! Peut-être qu'elle était trop fatiguée pour rejoindre la terre ferme, je crois que les oiseaux ne l'ont pas facile depuis quelques années. Le poisson se fait rare car l'eau est de plus en plus chaude. Tu sais que les fous de Bassan sont des pêcheurs redoutables, ils peuvent plonger à 20 mètres de profondeur ? Tiens, tu n'as qu'à prendre mon chandail. On va le mettre dans un chapeau de paille et bien le couvrir, ça devrait aller.

— Tu aurais dû être ornithologue, sans rire !

— Je sais.

— Qu'est-ce qui t'en a empêché ?

— Je me dis souvent que c'est à cause de mes parents, mais en fait c'est surtout moi qui ai eu peur. Peu d'emplois à la sortie, un salaire très bas et des lieux de travail isolés qui m'auraient sans doute empêché de développer la vie sociale que j'ai aujourd'hui. Sans vraiment le regretter, il y a des soirs où je me demande si j'ai bien fait.

— Je ne te blâme pas, j'ai mis moi-même des années à démissionner, malgré une surchauffe au travail. Je me suis reposé sagement quelques mois et, comme un bon petit soldat du capitalisme, je suis revenu tout frais, pimpant, mais cramé intérieurement. Ben, j'ai quand même tenu un an de plus ! On nous a bien dressés, Lys, très bien dressés !

— Je sais. C'est pour m'en convaincre et garder le souffle, que je continue de le dire à tous ceux qui veulent bien me prêter une oreille. C'est grâce à eux que je tiens. Voir leurs chaînes fissure les miennes. Et s'ils ne comprennent pas, il faut leur répéter jusqu'à ce que le message passe et germe. Personne n'est plus bête qu'un autre ni assez stupide pour ne pas assimiler ces choses fondamentales. Nous parlons d'émancipation, de remettre la main sur l'objet politique, notre bien commun et nos vies. Sauf que ce sont de jolis mots que nous ne mettons pas assez en pratique.

— Lofe un peu !

— Euh, comme ça ?

— Ouais, c'est bon !

— Bref, un jour nous comprendrons collectivement qu'il faut cesser de gueuler et de se lever le matin pour aller travailler en servant le système qui nous opprime.

— Et quand ce sera fait, nous démissionnerons pour avoir le temps de penser à ce qui nous attire vraiment.

— Pour ne plus perdre de temps... Regarde-moi ce ciel !

— Incroyable, en effet. Quelle beauté !

— Excuse-moi, continue !

— S'il y a bien une chose que j'ai intégrée durant toutes ces années passées dans le développement international, c'est qu'il faut faire avec les populations, pas pour elles.

— Oui, personne n'accepte réellement et surtout de bonne grâce qu'on prenne sa vie en main. L'idée est de donner des clés, de guider éventuellement, quoique je pense que personne n'en ait réellement besoin. Il faut juste un électrochoc pour comprendre.

— Mais comprendre, ça prend du temps, beaucoup de temps. Regarde-nous, à 35 ans, nous commençons enfin d'avoir une idée de ce qu'il nous faut. Comprendre qu'on a longtemps accepté l'inacceptable, pas facile !

— "Ne fais pas aux autres ce que tu ne voudrais pas qu'on te fasse", c'est ça ?

— Non, Kropotkine disait, en gros : "Traite les gens comme tu souhaiterais qu'ils te traitent." Avoue que c'est tout de même plus ambitieux !

— Ouais, c'est pas mal.

— Mais on continuera cette discussion plus tard, on a un peu trop dévié de notre cap. Prends l'œuf de ton côté, je ne voudrais pas qu'il se brise. Paré à virer ?

— Paré.

— Envoyé.

« Écoute ce que ça fait quand ça arrive ici [je pointe ta poitrine]. Attache-toi à cette sensation des frontières qui ramollissent en toi, profite de cette émotion délicieuse, relâche. Relâche. Ce n'est pas fini. Ça va lever encore. [...] Tu vois ? Il y a plein de choses intéressantes sur le chemin. Ne va pas te dépêcher à arriver. »

Catherine Dorion, *Les Luttes fécondes, Libérer le désir en amour et en politique*, Atelier 10, 2017, p. 102-103.

LE CHAMP

Dunham ~ Montérégie

CE MATIN, j'ai cru ne pas pouvoir me redresser dans mon lit. Trop mal au dos. Si le réveil est devenu pénible depuis le jour où j'ai soufflé mes trente-cinq bougies, ce dernier a marqué le franchissement d'un palier dans la douleur qu'endure ma pauvre carcasse. Comme souvent, j'ai utilisé la même technique et roulé au bas de mon sommier en prenant appui sur mon pied gauche, puis déplié lentement la jambe droite, et me suis accroupi en me massant doucement les lombaires. Me redresser complètement m'a pris dix minutes, le temps que les articulations s'huilent et que ma colonne vertébrale cesse de s'obstiner à former un angle droit. Mes genoux sont venus plus vite que d'habitude, et j'ai gémi d'aise en sentant mes disques intervertébraux cliqueter les uns après les autres tandis que, les paumes tendues vers le ciel, j'essayais d'impulser le bon mouvement pour que mon corps se tienne, alerte. Il m'a tout de même fallu m'asseoir pour enfiler un pantalon, et ça a grincé au moment de passer mon gilet.

Finalement, j'ai réussi. Quelle misère, 40 ans à peine et déjà un corps de vieillard. J'imagine que c'est le lot de tous ceux qui s'usent les os et les viscères pour faire bouillir la marmite. En sirotant mon café dans la cuisine de la maison jaune, comme on l'appelle entre nous, j'ai jeté un œil à l'exemplaire graisseux du *Journal de Montréal* posé sur la toile cirée. Ouvert à la page des mots croisés, un stylo posé sur des cases vides au bout d'une définition : « Se dit de quelqu'un qui a quitté sa terre natale pour tenter sa chance ailleurs », en cinq lettres. Pas facile celle-là... le français comporte décidément bien des secrets. Pourtant je me sens proche de l'énoncé, je devrais savoir me définir puisque, cette année encore, n'arrivant pas à nourrir ma femme et mes deux enfants, j'ai quitté le Mexique pour travailler au Québec. De formation, je suis kinésithérapeute, mais le seul emploi qu'on m'autorise à exercer ici, c'est celui d'ouvrier agricole. Ramasser des légumes et des plantes aromatiques, voilà mon quotidien québécois.

« Se dit de quelqu'un qui a quitté sa terre natale pour tenter sa chance ailleurs. » Je fouille ma mémoire ; quelques mots de vocabulaire pourraient me revenir. Comme ça ne donne rien, je sors profiter des dernières minutes de la nuit et saisis ma première cigarette du matin derrière mon oreille. Le Zippo que ma femme m'a offert avant mon départ chante doucement, et la carotte rougit.

« Se dit de quelqu'un qui a quitté sa terre natale pour tenter sa chance ailleurs... » Bon, ça me fera un sujet de réflexion quand je serai aux champs, et j'en parlerai avec mes compagnons. Machinalement, je me masse les pectoraux et les épaules dans l'espoir de faire disparaître la pression que je ressens sur le thorax. C'est peine perdue, le colosse virtuel qui me serre en permanence dans ses bras depuis dix jours ne relâche pas son étreinte. Enfin, je sais que ça finira par passer. Je suis juste épuisé, et il va me falloir trouver le moyen de m'économiser, d'autant que la journée de congés a été reportée d'une semaine. Trop de travail, et si peu de bras !

La vieille horloge sonne six coups dans la cuisine, et mes seize camarades de maisonnée sortent les uns après les autres sur le perron : Guatémaltèques, Honduriens, Mexicains ou Antillais, nous sommes tous d'attaque. Ceux qui ont le nez baissé sur leurs chaussures auraient sans doute préféré dormir une ou deux heures de plus, mais, dans l'ensemble, personne ne fait la gueule. C'est mon rôle de chef d'équipe de les motiver et de m'assurer qu'ils n'ont pas le mal du pays. Certains sont arrivés en avril et partiront fin novembre. Même avec les nouvelles technologies, c'est dur d'être loin des siens. Si les mots, l'image et le son apaisent, la chair manquera toujours.

Le cortège s'ébranle, en silence comme souvent. Nous traversons les champs de betteraves, laissons l'entrepôt principal à gauche. Les moustiques sont déjà là, et le répulsif gagne du terrain sur l'odeur de la rosée qui monte des bosquets voisins. Seule la rumeur de la route 104 nous fait croire que d'autres aussi vont travailler. Le soleil effleure les montagnes du Vermont et des Cantons-de-l'Est avec le mont Orford qui scintille. Autour de nous, quelques haies délimitent les parcelles. Le long de la route en poussière de roches, la lumière bleue des téléphones indique que, de l'autre côté de la rangée d'arbres, des travailleurs comme nous prennent aussi la direction des champs.

Le faisceau de ma lampe frontale tremble à chaque pas, je marque un temps d'hésitation entre la parcelle de gauche et de droite, et puis nous voilà dans les carottes ! Chacun reprend la position qu'il occupe depuis des semaines et qu'il gardera encore un mois. Seuls les produits récoltés diffèrent, les techniques, bien rodées, sont les mêmes. J'entends les gémissements de ceux qui doivent rentrer dans le rang, et des *« Puta Madre ! »* fusent en même temps que les rires des plus souples. Je m'allonge sur une plate-forme aussi large que moi, montée sur deux roues, et mes bras empoignent les fanes de carottes. Six heures 30, il est en effet temps de commencer, car le temps, justement, est compté. Je gueule un *« Vamos ! »*, et le champ commence à bruisser.

Je ne pense plus et souffle comme une locomotive. Mon obsession : récolter un maximum en un minimum de temps et de mouvements. Mes lourdes mains, coupées jusqu'entre les phalanges, arrachent une dizaine de carottes, que je jette en l'air. Rien ne retombe au sol ; Diego, mon partenaire, se tient derrière moi et réceptionne les bottes qu'il envoie dans de grands bacs plastiques quand il ne pousse pas du pied le chariot sur lequel je suis monté pour avancer dans le rang. Les yeux mi-clos, je suis presque aveuglé par la poussière, tandis que la pluie qui tombe sans discontinuer depuis une semaine trempe ma casquette et me dégouline sur la nuque, le dos et dans la raie des fesses. J'ai froid partout, et, en plus, j'ai les couilles glacées. Alors, j'accélère, tant pis pour la fatigue. Le *boss* nous a dit hier dans le réfectoire qu'on ne pouvait plus se permettre d'attendre qu'il fasse beau pour récolter. « La saison est trop avancée et la tâche immense, donc il faut doubler la cadence. » En plus, la plupart des ouvriers ont eu des problèmes pour passer la douane cette année. Le Québec a un nouveau Premier ministre, « fasciste » selon le *boss*, un ultralibéral qui ne manque jamais une blague sur les étrangers qui volent le travail des Québécois. Curieusement, quand ça concerne son champ et ses revenus, ce n'est plus la même tisane : voilà que les étrangers sont les bienvenus !

— Si j'avais su, j'aurais voté pour les autres, nous dit le *boss*. Avec ce gouvernement, on évite d'accueillir n'importe qui sur le territoire, sauf que les dernières lois mises en place à Québec retardent le traitement du visa des étrangers. C'est toujours pareil, les technocrates ne comprennent rien à notre réalité. Fait que nos Mexicains et nos Guatémaltèques arrivent plus tard qu'avant, et, nous, les producteurs, nous perdrons beaucoup d'argent ! Pis, comme personne ici ne veut plus travailler...

— Peut-être que si vous offriez de meilleures conditions de travail vous n'auriez pas ces problèmes ?

— Écoute, Manuel...

— Ricardo Flores, Monsieur.

— Excuse-moé ! Comment tu veux que je me souvienne d'un prénom pareil ? L'est trop long ! Ça te va si je t'appelle Rico ? Un peu comme les imprimantes, ha ha !

— …

— Bon, trêve de niaiseries. Rappelle-toi que t'es payé pour récolter, pas pour faire de l'économie ! Le *business*, ça me connaît. Des générations que nous faisons ça dans ma famille, et on accueille des saisonniers venus d'ailleurs depuis les années 1950, donc sois gentil et laisse-nous penser à ta place. Regarde, tu as oublié une botte, là !

— C'est que je la trouvais très abîmée et…

— Tu fais du tri maintenant ? Mets-la donc dans la bine, ils verront bien au lavage ce qu'ils en feront.

Dix-neuf ans que je viens là, et il faut toujours du temps au *boss* pour se rappeler mon prénom. Tous les ans, nous sommes des milliers à parcourir plus de 4 000 kilomètres pour travailler à un meilleur salaire et rembourser nos maisons et la scolarisation de nos gosses. J'ai commencé en Ontario ; je me suis rapproché de mes amis au Québec le jour où j'ai appris que l'hôtelier qui souhaitait me recruter, parce que je présentais bien et que je parlais trois langues, venait de se faire pincer par la police et emprisonner pour trafic d'êtres humains. Il avait monté un *business* lucratif dans lequel ses travailleurs lui louaient un logement insalubre tout en payant également leur nourriture et le transport jusqu'aux champs. Le salaire, il le contrôlait aussi et laissait parfois moins de 50 dollars par mois à ses employés. Le reste, il le gardait jusqu'à la fin du contrat en prétextant que les gens d'ailleurs ne savent pas gérer un budget et qu'il faut leur apprendre. Sauf qu'il ne leur apprenait rien et gardait le magot. Quand le terme de leur visa approchait, les travailleurs réclamaient leur dû. Il les rassurait ou les exhortait à la patience : « Tu auras toute ta paie d'un coup quand tu partiras, ça fera un beau paquet de pognon ! La patience est mère de toutes les vertus, et tu ne le regretteras pas. » Les pauvres employés, patients comme personne et mal à l'aise en français, n'osaient rien dire de peur d'être renvoyés. Et quand leur permis de travail expirait, ils avaient quelques jours pour quitter le territoire. Ils toquaient à la porte du bureau du gestionnaire ; il n'y avait évidemment personne pour leur ouvrir ou leur répondre. Ils rentraient donc chez eux les poches vides, après trois mois de travail acharné.

Toutes les caisses sont remplies à présent, et j'entends le tracteur bourdonner au bout du rang. Il faut vite sortir la quinzaine de bottes restée en terre et les serrer dans les caisses qui semblent moins ras la gueule que les autres.

— Une heure vingt-deux pour faire huit rangs à seize ! Alors, je sais, il pleut ; par contre, je croyais avoir été clair en disant que c'était maximum une heure et quinze minutes ! Vous vous rendez compte du retard que prend la production ? J'ai seize préparatrices de commandes qui attendent dans la chambre froide que vous apportiez la récolte. Grouillez-vous, les tracteurs s'en viennent !

Deux mastodontes rouges avancent sans jamais s'arrêter. Un pilote dans la cabine, et un gars dans la remorque. Trois personnes naviguent de chaque côté et jettent les caisses sur la remorque. Là, le gars attrape le bac, en verse le contenu dans un grand coffre et dépose la caisse vide à côté. Je sais par expérience qu'il ne faut pas cinq minutes avant que ses abdominaux commencent à brûler. Dans cet exercice d'agilité, les doigts sont martyrisés, parce qu'attraper à la volée des caisses de 10 ou 15 kilos, ça vous esquinte la plus large des pognes. C'est pour ça qu'en général on attribue cette tâche au plus jeune, au plus affûté.

En une heure et demie, le champ est vidé. Dans notre sillage, la terre nue, noire et grasse s'imbibe de pluie. Direction la chaîne de production. Dans un hangar métallique qui se trouve être une chambre froide, seize tabourets sur lesquels sont assises seize femmes en blouse blanche, une charlotte sur la tête. Les mains au-dessus d'un tapis roulant, elles trient les légumes qui défilent à une cadence folle. Méthodiques, leurs mains se promènent le long de la langue noire qui pue le désinfectant et retirent ce que leurs yeux experts ont détecté comme des légumes impropres à la consommation, en tout cas que les clients des supermarchés n'achèteront pas. Une boursouflure là, un accroc ici, les légumes déclassés finissent dans une poubelle déposée de chaque côté du tabouret et qu'une personne vide régulièrement. Les produits épargnés sont envoyés au lavage, dont ils sortiront sans aspérité, nettoyés du moindre grain de sable. La perfection est attendue, sinon les clients renâclent à acheter. Ils pensent que des végétaux traités aux insecticides toute l'année pourraient nuire à leur santé à cause d'une moisissure ou d'une peau scarifiée. À la sortie du lavage, d'autres femmes, aux mains gantées de bleu et avec un masque sur la bouche, confectionnent de belles bottes qu'elles encartonnent et placent sur un autre tapis roulant. Au vingtième carton, une ouvrière pèse de la paume sur un bouton rouge, qui déclenche une sonnerie et le clignotement d'un voyant orange. Les cartons défilent, fermés, palettisés, emballés, réfrigérés, transportés par camions. Trois jours plus tard, les habitants de la rive sud de Montréal peuvent se rendre dans leur centre d'achats préféré, le quartier DIX30, pour acheter en toute confiance des légumes frais et 100 % production locale. Si j'étais eux, je ne les achèterais pas ; quand on nous en sert à table le soir, je décline poliment, préférant jeûner plutôt que mettre ça dans mon corps. C'est mon outil de travail, j'en prends soin. Au Mexique, ma famille place tous ses espoirs en moi et attend que je travaille dur et gagne le plus d'argent possible. De ma paie dépendent sa vie quotidienne et son futur.

C'est la fin de la journée, et tout le monde se précipite vers la maison jaune. Dans dix minutes, il y a un match de football, et le propriétaire a été assez généreux pour installer un poste de télé dans la cuisine. Nous apportons des chaises et des tabourets autour de la table, ouvrons un paquet de chips et décapsulons des bières. Pendant les hymnes, personne ne parle sauf Joseph, un Martiniquais d'adoption qui, ignorant tout des joies du football, discute avec sa femme restée à Fort-de-France. Il arpente la pièce de long en marge, masquant à chaque fois sans vergogne le petit écran. Alors, on l'envoie paître, pour regarder et écouter les commentaires tranquillement ; comme d'habitude, il quitte la pièce en se tordant de rire. Joseph rit tout le temps. Il nous rejoint finalement après avoir claqué quelques bisous face caméra à ses deux jumeaux nés il y a trois semaines et qu'il ne rencontrera que dans trois mois. Car après les légumes, il ramassera les fraises tardives, puis les pommes et les bleuets. À la fin de l'automne, il ira aussi couper les sapins pour Noël. Dans le froid, avec une tronçonneuse, il travaillera comme un fou pour satisfaire ceux qui ont besoin de « la magie de Noël ». Ça fait du monde à équiper en conifères ! Avec les avides voisins états-uniens, des centaines de milliers d'arbres sont envoyés de l'autre côté de la frontière tous les ans. Depuis quelque temps, la demande explose puisque la production baisse chez les Yankees. La faute au réchauffement climatique et aux États se consacrant à la lucrative culture du cannabis.

— Je vous jure, les gars, un jour mes doigts sont restés collés sur la lame de la tronçonneuse tellement ça caillait ! Moins vingt-cinq degrés dans l'bois, avec le vent qui ne lâchait pas le morceau, et impossible de démarrer la *chainsaw* avec des gants. En cinq minutes, j'avais les doigts à moitié gelés ; les copains ont dû me pisser sur la main pour que ça se décolle ! Sauf qu'avec le froid, la plupart ont eu du mal à trouver leur engin, alors ils en ont foutu partout sur leurs pantalons, leurs pompes, leurs vestes... Et moi, avec ma main prisonnière en attente d'être libérée par leur jus naturel, je riais, je riais ! Et eux aussi, qui s'en foutaient encore plus partout. On riait, on riait !

Et nous avec. Ici, Joseph est notre héros. Je ne l'ai jamais vu se plaindre ni avoir un mot plus haut que l'autre. Il considère qu'il a de la chance et que Dieu ne l'a jamais abandonné. Dire ça quand on est haïtien et qu'on a dû fuir en famille pour les Antilles françaises parce qu'on en avait assez de manger des galettes de sable à Cité-Soleil, moi, je vous le dis, ça tient de la folie. Joseph nous fait passer pour des pachas, avec nos histoires de misère. En fait, il est fou. Mais nous le sommes tous. Sinon, comment expliquer que nous quittions nos foyers pour gagner un peu d'argent ? Tout cela parce que nos gouvernements ont mieux à faire que de s'occuper de leur peuple ! On ferait mieux de se révolter, notre temps serait mieux employé !

Mon équipe a gagné 5-2 ; c'était un beau match. Chacun vaque maintenant à ses occupations. On fume, on sirote une bière, certains téléphonent à leur famille, d'autres sortent un jeu de cartes dont le dos expose des filles aux postures équivoques. Il faut se coucher de bonne heure parce que, demain, le réveil sonne plus tôt. Des journalistes viennent faire un reportage sur les travailleurs étrangers, et c'est notre exploitation qui a été choisie. « J'ai de bons contacts dans la presse », m'a dit le *boss*. Il faut qu'on soit soignés et qu'on ait l'air en forme pour faire bonne impression. Je me brosse les dents, fais la queue aux toilettes pour chier, après m'être retenu toute la journée parce que nous étions en retard et, enfin, je m'allonge. Le bonheur. Sous la grosse couverture, tout mon corps se réchauffe, et je sens le picotement délicieux se diffuser de mon cou vers mon ventre et arriver jusqu'aux orteils. J'essaie de lire quelques vers de Pablo Neruda dans le recueil qu'un ami chilien m'a offert. Depuis que je suis tout petit, je ne m'endors jamais sans avoir lu quelques pages. Il y en a qui aiment se vider la tête, moi c'est la remplir qui me détend. Alors je lis, à voix basse :

« Matin
J'ai faim de tes cheveux, de ta voix, de ta bouche,
Sans manger je vais par les rues, et je me tais,
Sans le soutien du pain, et dès l'aube hors de moi
Je cherche dans le jour le bruit d'eau de tes pas.

Je suis affamé de ton rire de cascade,
Et de tes mains couleur de grenier furieux,
Oui, j'ai faim de la pâle pierre de tes ongles,
Je veux manger ta peau comme une amande intacte,

Et le rayon détruit au feu de ta beauté,
Je veux manger le nez maître du fier visage,
Je veux manger l'ombre fugace de tes cils.

J'ai faim, je vais, je viens, flairant le crépuscule
Et je te cherche, et je cherche ton cœur brûlant
Comme un puma dans le désert de Quitratúe. »

Au-dessus, Emiliano ronfle déjà. Ah ! les jeunes… Le soir, ça picole et ça fume plus que les autres. La journée, ça court partout et ça gaspille son énergie en parlotte ;

en revanche, une fois au lit, il n'y a plus personne pour tailler le bout de gras et parler du pays. La main sur le livre ouvert posé contre mon cœur, je laisse mon corps sombrer, doucement, doucement... Et dormir.

— Emiliano ! Éteins cette foutue alarme, merde !

J'étais si bien. Je resterais sous les couvertures des heures encore. Dehors, il fait nuit noire et, à peine sorti le bras de mon cocon, j'ai froid. Et si nous nous mettions en grève ? Ou si je feignais d'être malade ? Mais, les camarades ? Un gars de moins, c'est plus de peine pour chacun. Je ne peux pas leur faire ça. Et puis, la journée non travaillée n'est évidemment pas rémunérée. Pas de congés payés pour les ouvriers agricoles, c'est tout juste si on a le droit d'aller chez le médecin quand on se sent patraque. Légalement, pourtant, tout nous le permet ; nous payons des taxes pour profiter d'une modeste assurance-maladie. Sauf que le *boss* n'aime pas ça, quand on lui demande de se faire soigner. Il dit que nous sommes fragiles et qu'à son époque, quand il était aux champs avec son père, personne n'allait chez le médecin. « Notre santé était bonne. Nous sommes des costauds, pas comme vous ! »

Je voudrais expliquer à cet abruti plein de pizzas et de bière qu'il ne travaillait pas à notre cadence et qu'il avait deux repas chauds par jour préparés par maman. Il n'avait qu'à mettre les pieds sous la table puis à laisser l'assiette sale dans l'évier. La fée Vaisselle s'occupait du reste. Je voudrais lui dire que, quand il était jeune, il y a vingt ans, son exploitation faisait le cinquième de sa superficie d'aujourd'hui. Et puis il ne restait pas dans le champ quand son père épandait des pesticides sur la parcelle voisine. Nous, si ! Ça nous fait tousser méchamment. Certains perdent leurs cheveux par poignées ; et qu'on ne me dise pas que c'est le tabac ! Ce qui nous tue à petit feu, c'est ce travail. Du travail à la chaîne, rien de moins. Sauf qu'on ramasse des légumes au lieu de visser des écrous. Non, vraiment, je vais rester au lit. Cette nuit j'ai rêvé que je me faisais dévorer par des bottes de carottes, de navets, de rabioles et d'oignons. Ils me tiraient par les cheveux et me disaient : « Alors, c'est agréable ? Tu aimes qu'on te sorte du lit par les bouts ? Tu ne préférerais pas qu'on mette un petit coup de pelle à tes pieds pour soulever la terre et te faciliter le travail ? » Après ça, ils me déversaient des sacs de produits chimiques dans les yeux : « Tu verras, c'est bon pour la vue ! » Je les suppliais d'arrêter et leur criais : « Pardon ! Pardon ! J'ai une femme et des enfants. » En riant, ils finissaient par me laisser tranquille et replongeaient leurs racines dans la glèbe en me menaçant : « Un jour, vous allez tous nous le payer ! »

Je saute au bas du lit. C'est décidé, je vais tout balancer aux journalistes. En m'habillant, je vais préparer mon topo, et tant pis si je me fais virer. De toute façon, cette vie n'en est pas une.

— Le Canada, c'est un pays d'extraction. On suce tout ce qui bouge : pétrole, sable, eau, jusqu'à notre moelle, à nous travailleurs pauvres, en affirmant que nous sommes mieux traités qu'ailleurs. Mais nous ne sommes pas dupes !

Nous savons que, dès que vous trouverez moins cher, vous nous renverrez chez nous pour nous remplacer par d'autres crève-la-faim !

Avec mon peigne, je mets un peu d'ordre à cette tignasse qui blanchit à vue d'œil, et je m'encourage. Je vais leur parler comme ça, aux journalistes. Et je leur poserai la question et verrai la réponse dans leurs yeux. Ils ne diront rien parce qu'ils se doivent d'être objectifs, mais je saurai. Et je leur dirai :

— Bien sûr que chez nous, on gagne moins, mais est-ce qu'on doit se comparer à l'endroit d'où on vient pour trouver un début de contentement ? Venir ici, suer toute mon eau pour ramasser des légumes bourrés de poison, être payé une misère et verser des taxes dont je ne vois jamais la couleur, ça légitime de ne pas me plaindre ? Parce que ma situation est enviée au Mexique, que les places sont chères pour être recruté, que des milliers de pauvres diables attendent pour prendre ma place ? Parce que je pourrais me retrouver aux États-Unis avec encore moins de droits qu'ici ? Pour toutes ces raisons, on attend de moi que je dise : « Merci, *boss* ; vous êtes trop généreux, *boss* ; gardez un peu d'argent pour vous, *boss* ! »

C'est tout réfléchi, c'est non. Je ne serai plus là où l'on m'attend. Je leur dirai, moi, quand ils arriveront, heureux de se frotter à la boue et de crotter leurs chaussures, que, si l'on améliore notre qualité de vie, le résultat ne vaut pas toute cette peine !

— Je vous dis mon histoire pour que les gens sachent et ne feignent plus d'ignorer. Maintenant, vous savez, et je compte sur vous pour faire votre travail et informer vos lecteurs, votre audimat ! Ils doivent savoir que, s'ils achètent ce que je récolte, ils sont complices du système qui nous exploite, mes compagnons et moi.

Sauf qu'ils ne retiendront que l'amélioration de la qualité de vie, que le Québec a tout à gagner en acceptant des travailleurs étrangers parce qu'il a des besoins non comblés, que l'agriculture est la richesse de la province, que cela rapporte, que cela crée des emplois plus qualifiés, que les habitants en tirent un bénéfice… Et, moi, j'ai mes enfants à nourrir, mes traites à payer, le toit de ma maison à changer. Et si je peux épargner à ma mère, 79 ans, de continuer à travailler dans un supermarché pour un salaire minable, je dois tenir ma langue. Ma pauvre mère, veuve depuis vingt ans, son mari mort à l'usine. Ma mère et son visage ravagé de souffrance, bête de somme où chaque ride dit la peine. Ma mère, son dos cassé par les travaux et incapable de porter une pastèque. Elle me manque.

— Rico ! Criss ! comment il s'appelle déjà ? Ricardo Flores ! Viens-t'en ! Les journalistes t'attendent pour l'entrevue.

— J'arrive, *boss* !

« Le monde est *tanné* de haïr. S'il pouvait être tanné à jamais, les pauvres n'auraient plus hâte de mourir. Ça serait pas des énervés, des malades, des blasés, des fatigués, des peureux en face de l'avenir, des vieillards à 30 ans. Ils seraient reposés, calmes, contents. On sait quoi faire. Ça dépend rien que de nous autres. »

Félix LECLERC, *Adagio, Contes* [1943],
FIDES, coll. « Biblio », 2015, p. 49.

L'AVENIR

Mont-Tremblant ~ Laurentides, Mastigouche ~ Lanaudière & Mauricie (2035)

Une biche et son cerf traversent la route, port altier, démarche souple, s'arrêtent à mi-parcours et plongent le museau vers l'asphalte. Entre les lèvres rétractées, leurs dents sectionnent les touffes d'herbes qui percent le bitume, vieille mue de serpent carbonisée sur laquelle les cervidés broutent paisiblement. Le goudron brûlant sous ce soleil de juin est un gruyère. Percé de nids-de-poule, d'herbes et de pissenlits, il se lézarde sous la pression de la croûte terrestre fatiguée d'être asphyxiée depuis un siècle. Dans cette région des Laurentides, voilà maintenant plusieurs mois qu'aucun moteur n'a retenti, et les oiseaux ont repris en main l'habillage sonore des forêts de pins.

Un bruit de pas. Les bêtes redressent la tête, les oreilles aux aguets, puis gagnent paisiblement les taillis, que prolongent les bois. Le tintamarre ailé s'amenuise. Sur la route, Isabelle, Elsa et Floarea marchent côte à côte.

Isabelle

Il va falloir songer à se mettre à couvert, le soleil tape fort et nos réserves d'eau descendent vite. Quand on se racle la gorge comme ça, c'est que la soif commence à faire des siennes, et je m'inquiète pour Floarea. Neuf ans, c'est jeune pour une randonnée pareille, même si elle ne moufte pas. Mince comme un fil mais musclée et courageuse ; elle en a vu d'autres. Mais il y a cette plaie au front d'Elsa qui cicatrise mal. La faute à une branche traîtresse qui lui a fouetté le visage un jour de tempête. Je vais essayer la technique de ma grand-mère à base de terre et d'aiguilles de pin pour lui faire un onguent ; ensuite, nous verrons bien...

Plus qu'une poignée de jours de marche avant d'atteindre la Mauricie. Et puis ? Cap au nord pour quelques dizaines de kilomètres ? Après... Quelle heure est-il ? Deux heures de l'après-midi, déjà ! Encore quelques heures de marche avant d'établir le camp. Il faudra se montrer discrètes.

J'avoue que je passerais volontiers la nuit dans un lit. À 69 ans, c'est un peu lourd comme rythme ; enfin, je ne m'en tire pas mal pour une vieille peau ! J'ai bien fait de ne pas écouter mes amis, qui me disaient que les sportives ce n'est pas sexy. Au moins, je suis capable de marcher mes 35 kilomètres quotidiens alors qu'eux sont morts de faim pour la plupart. Ou attaqués dans leurs villas. Ou en exil aux Caraïbes, ce qui revient à mourir au soleil. Depuis combien de temps n'ai-je eu ni lit sous moi ni toit au-dessus de ma tête ? Deux mois ? Trois ? Qui sait, peut-être tomberons-nous sur un chalet abandonné. L'idéal serait de faire main basse sur un canot : nous pourrions alors remonter quelque cours d'eau... Peut-être trouverons-nous aussi des boîtes de conserve abandonnées ? Quelle idiote, j'aurais dû apprendre à pêcher et chasser. Ceci dit, pour chasser ou pêcher quoi ? Il ne reste plus rien, nulle part, hormis des bêtes, qui se cachent bien. Elles ont compris qui nous sommes. Même les drones pour polliniser ou ensemencer champs et pommeraies ne volent plus. Plus de courant pour les alimenter, et l'électricité, qui faisait la puissance de notre province, ne fonctionne que par intermittence dans les grandes villes, ou à plein dans les bunkers des riches qui avaient prévu la catastrophe.

Elsa

On a estimé que le dernier pot de miel 100 % naturel a été vendu en supermarché bio à la fin de l'année 2028. Je me souviens que la dame qui l'avait acheté avait fait la une de tous les médias de l'époque. On avait blâmé les pesticides puis conspué les géants de l'agroalimentaire et leurs pratiques sauvages. Pauvres de nous ! Nous qui avions tant fait pour nourrir l'appétit des humains friands de gras, de sel et de sucre... Ils chialaient, mais, de toute façon, leur goût avait été tellement modifié par des décennies de plats préparés qu'ils étaient incapables de faire la différence entre du miel de lavande de Provence et du sirop de sucre. Comme toujours, ils disaient que tout était de notre faute. Toujours le même discours, vieux de soixante ans. Un demi-siècle, aucun changement.

À l'époque, Mayer et Bonsanto inondaient le monde de semences annuelles et de PoundUr tueur d'insectes.

Puis ces entreprises avaient été absorbées par S*, le semencier chinois qui étendait son empire sur toute la surface de la Terre, Antarctique mis à part. L'ennemi avait changé de nom, les gens étaient donc passés à autre chose. Comme le pergélisol fondait beaucoup plus vite que ce qu'on pensait, S* avait fait des essais de plantations de soja en Sibérie. C'était encore un peu tôt pour produire en quantité mais les résultats étaient encourageants. O*, le pendant énergie de S*, en avait profité pour s'installer près des champs témoins. Il récoltait le méthane libéré par la fonte et l'acheminait vers des stations qui le transformaient en gaz liquide. Ça se retrouvait dans les réservoirs des W*, voitures nouvelle génération qui roulaient à l'électrique, au soja ou au méthane des toundras et que s'arrachaient les multimillionnaires soucieux de préserver l'environnement. Depuis, les usines ont explosé et les voitures ne circulent plus mais le méthane continue de s'échapper et le pergélisol de fondre.

J'ai un caillou dans la chaussure depuis ce matin, mais suis tannée rien qu'à l'idée de l'en retirer. Je sais que si je m'arrête, je ne repartirai pas. Ces trois mois sur les routes m'ont brisée. Enfin, je dois bien m'arrêter pour moins souffrir, non ? Et puis, il faut cesser de me plaindre, c'était la marche ou la mort, ou en tout cas la fin de la liberté et les longues files de rationnement en ville. Gloire aux astres d'avoir mis Isabelle sur ma route. Sans elle… Qu'aurais-je fait pour me sortir « du noir » ? Bon, pas de caillou finalement. En avant, marche !

De toute façon, de quoi pouvaient-ils se plaindre, les consommateurs ? Il n'y avait plus vraiment d'abeilles ! Il fallait donc trouver des alternatives. Plutôt que d'arrêter le tir, on avait modifié les armes. Je plaide coupable, j'avoue que c'est à cause de nous, la pollution des sols. Le bras armé de l'ultralibéralisme, les fils de l'anthropocène, encore nous ! Toujours nous, la destruction du vivant. Mais je tiens à souligner que, si nous avions tort et étions la lie de l'humanité, étrangement, nos ventes, elles, n'avaient jamais baissé. C'était même le contraire. On utilisait moins de plastique pour faire écolo, on réduisait le conditionnement et le poids des aliments pour faire des économies. Les gens payaient finalement plus cher au poids mais n'y voyaient que du feu. Dans un contexte de crise, nous autres de l'agroalimentaire, étions plutôt heureux, en fait.

La bouffe, c'est le dernier poste de dépense sur lequel les gens ont rogné. Et puis, les paquets de biscuits, les confiseries ou les bouteilles de Caco, tous ces symboles du bien-être imposé, il en avait fallu des crises pour que les gens cessent d'en acheter ! En vérité, c'est parce qu'il ne s'en produisait plus qu'ils avaient arrêté, ces drogués à la consommation, ces camés au sucre.

Grâce à mon marketing, ils nous mangeaient dans la main. N'importe quoi, pourvu que ça fasse cool. Et puis, sincèrement, bien sûr qu'une partie de nos clients était informée de ce qui se tramait. Ils savaient que les poissons étaient localisés par radar et satellite puis ratissés par des bateaux grands comme des stades de base-ball. Ils savaient qu'à la remontée des filets, les organes des poissons encore vivants explosaient, leurs yeux jaillissaient des orbites et l'estomac et l'œsophage leur sortaient par la bouche. Ils savaient mais ça ne les empêchait pas de commander un thon rouge au restaurant et d'acheter des barquettes (biodégradables, Dieu soit loué !) de merlu ou de sardines en supermarché. Ils savaient que chez nous, au Québec, les animaux domestiqués pour la viande et le lait n'avaient pas de vie avant de mourir. Ils savaient pour les fermes des 40 000 vaches, des 25 000 cochons enfermés dans des cages sans voir le jour. Ils savaient que, pour attendrir leur viande et leur faire oublier leur condition misérable, on avait décidé de mettre à ces bêtes des lunettes de réalité augmentée qui projetaient de verts et paisibles paysages. Oui, les plus responsables, les plus éduqués savaient tout ça ! Je le sais, j'en étais. Mais, comme d'habitude, il ne s'est rien passé. Du moins, c'est ce que j'ai longtemps pensé.

Tout a commencé légèrement. Des signaux faibles, un flottement dans l'air, un bruit de fond que seules quelques personnes ont identifié comme préoccupants, mais que le boom technologique du milieu des années 2010 et son envol au tournant de 2020 avaient masqué dans le tintamarre des Vweets, de l'information en continu, du sport en *replay* et des séries télé. Montréal se gonflait comme une outre avec de nouveaux immigrants, devenait un pôle d'excellence en intelligence artificielle. Québec se parait de ses plus beaux atours pour accueillir les touristes, et les autres villes de la province, Sherbrooke,

Gatineau et Trois-Rivières tentaient de suivre le rythme pour être attractives et attirer de nouveaux talents. La télévision hurlait, les radios riaient, Internet vrombissait et, d'année en année, les gouvernements successifs plastronnaient sur « la baisse des taxes et l'augmentation du pouvoir d'achat des Québécoises et des Québécois, tandis que le déficit budgétaire continuait de se réduire ».

Les étés devinrent de plus en plus chauds et, à la canicule, on répondait par plus de climatisation et d'asphalte. En Abitibi-Témiscamingue, les feux de forêt dévastaient des milliers d'hectares. Autour de la Vallée-de-l'Or, des millions de pins gris et d'épinettes partaient en torche chaque année. Le spectacle de ces flammèches éclairant les mines d'argent, de cuivre, de nickel et de zinc avait fait le tour du monde. La crème de la profession de l'image s'était précipitée sur les sites pour immortaliser des scènes qualifiées d'« apocalyptiques ». On projetait ces tableaux de fin du monde partout. De l'autre côté des rectangles plats, on avait d'abord été horrifié et puis la surprise devint normalité. Finalement, rien n'avait changé.

Ceux qui se disaient pragmatiques, et revendiquaient l'expérience de l'âge pour masquer leur rapacité, prétextaient que cela faisait partie du cycle naturel de la régénération des forêts. « Les animaux disparaissent partout », alertaient les passionnés du vivant aux heures de grande écoute. Face à eux, on invitait des personnes issues de la société civile, sans préciser qu'ils étaient lobbyistes, et on organisait le *buzz*. Sous le déluge des critiques, les écologues tentaient de tenir la barre, mais chaque émission se transformait en curée, et les gestionnaires l'emportaient sur les rêveurs adeptes de la décroissance.

Depuis 2024 et un reportage saisissant, il était devenu de notoriété publique que le golfe du Saint-Laurent devenait un cimetière, une zone morte, du fait du dérèglement des courants du Gulf Stream et du Labrador : plus de phytoplancton, ni faune ni flore marines. Autour du lac Saint-Jean, les zones de coupes franches pour faire du papier avaient été laissées en jachère quelques années, puis les tracteurs et les tronçonneuses étaient ressortis des hangars. Tout était au numérique, il fallait construire des *data centers* gigantesques pour stocker les données des milliards de courriels quotidiens. On parlait constamment de la nécessité et des bienfaits de la dématérialisation, ses conséquences se payaient en litres d'eau et de sang, en kilos de bois, de terre et de chair. Dans les Cantons-de-l'Est, le mont Orford était devenu une usine à vendre du pop-corn : des navettes électriques vous emmenaient au sommet pour quelques dollars, tandis que les plus courageux gagnaient la cime à pied, sur une piste tracée au bulldozer. Au Saguenay-Lac-Saint-Jean, on s'entassait sur des kayaks en prétendant être sportif et authentique pour observer les dernières baleines.

Le Canada rempilait pour plusieurs années avec à sa tête un autre « fils de », insignifiant, comme ses promesses. Pour son troisième mandat, il variait sa communication et prétextait un engagement environnemental. Ce quadragénaire bien mis, familier des platitudes,

des déguisements et des soirées maquillées, avait pu compter sur le soutien d'un écologiste ambitieux, fondateur d'une organisation québécoise. Emballés, les écologistes encore trop verts pensaient qu'il ferait un bon ministre de l'Environnement, et puis ç'avait été comme d'habitude : une fois les élections passées et la victoire assurée, le Premier ministre préféra finalement nommer l'écolo au patrimoine, arguant du sérieux de sa démarche et de sa volonté de privilégier le consensus en évitant de froisser l'*ego* des provinces de l'Ouest, dont la survie, et celle de tout le pays, dépendait du pétrole et des sables bitumineux. À son départ, il avait été remplacé par un autre insignifiant, puis une autre marionnette, une femme cette fois, avait pris le fauteuil. Trois personnes, une même politique.

Dans le même temps, les compagnies devenaient de plus en plus avares au moment de payer leur juste part et contribuaient trois fois moins que les particuliers à l'effort collectif. Aux personnes en rogne, on répondit que c'était pour leur bien, pour fluidifier l'économie et « libérer les forces du capital ». Ces mêmes forces n'avaient pourtant pas empêché la vétusté des équipements scolaires, les files d'attente aux urgences, l'inefficacité des transports en commun, l'état déplorable des routes et la baisse du budget des ministères de la Culture et de la Santé. On matraquait les populations : « Vous avez de la chance par rapport à d'autres, soyez patients, les réformes se verront à long terme », le tout illustré de chiffres maniés par des spécialistes répétant que la situation s'améliorait.

Et tandis que, les yeux humides, les responsables politiques grassement entretenus expliquaient que l'État dépensait encore trop et que le partenariat public-privé était le seul horizon viable, des mécènes fortunés, par le biais de leurs fondations, reprenaient en main les institutions publiques pour une bouchée de pain et les transformaient en vaches à lait. Le personnel politique faisait de mieux en mieux semblant d'être proche du peuple et allait servir, face à une nuée de caméras, du café aux vieux qui crevaient en silence, sans famille, sans moyens. À la sortie des bureaux de vote ou des crèches surchargées, il prenait les enfants dans les bras pour une photo demandée par des parents gâteux ; un déluge de caresses masquait le façonnage des institutions de bien commun en faveur de l'intérêt des entreprises.

Toujours « au service des Québécois et pour favoriser la création d'emplois », on déroula le tapis rouge aux compagnies minières en leur facilitant, grâce aux fonds publics, un accès à l'eau et une électricité quasi gratuite. On finança la création d'emplois, les projets d'exploration et la recherche de pointe, et l'on forma un personnel sur mesure, tout en fermant les yeux sur leur appétence à polluer. Si les entreprises ne trouvaient rien au bout de quelques années, elles partaient sans laisser d'adresse, laissant derrière elles un cloaque et des chômeurs en nombre. Hagards, les derniers Autochtones expropriés et les citoyens victimes de ces agissements étaient priés de regarder ailleurs, vers un rectangle de plasma d'où dégoulinaient des émissions de téléréalité dans lesquelles des inconnus bodybuildés, ivres et analphabètes, s'accouplaient avec des inconnues aux lèvres refaites, ivres, et analphabètes. Une caisse de bière plus tard, la rage avait été noyée, et l'aigreur disparaissait des visages, remplacée par la lassitude et l'abattement. Les promesses de reclassement n'avaient pas été tenues, les taxes baissaient là et augmentaient ailleurs, et les responsables politiques étaient finalement réélus. Tout pouvait continuer comme avant.

Pour s'assurer que la plèbe somnolât, que le monde fût content et que personne ne sortît du lot (sauf pour faire de l'argent), on inventa un système de suivi généralisé qui permettait à chacun de voir, en *live*, ce que faisaient les membres de son cercle. Afin de maximiser la dépendance, on chroniquait sa vie pour en extraire ce qu'on croyait en être le suc, puis on déversait textes et images sur une plate-forme que les communicants, grands manitous de l'économie d'alors, avaient baptisés « réseaux sociaux ». Pour faire connaître ces nouvelles, il fallait simplement les « publier » et, si elles plaisaient, il était possible aux membres du réseau social baptisé « amis », « fans » ou « *followers* », de les partager. Plus il y avait de partages, plus il y avait de *followers* et de « j'aime », et plus la personne à l'origine de l'engouement sentait son *ego* regonflé. Très vite, les partages sympathiques de vacances en famille firent place à des images léchées et travaillées dans le but de se mettre en avant, de briller en société, d'écraser les autres, ou simplement de se sentir vivant. La concurrence avait gagné la Toile, poussant plus loin l'exhibition et le partage des données personnelles. Ce viol de l'intimité provoquait des comportements étranges, allant de l'extrême violence à l'autocensure.

La surveillance de masse avait pris les habits d'un réseau tendance et *user-friendly*, qui aurait fait scandale si des États en étaient à l'origine ; mais comme il s'agissait de liberté de marché, on prenait la chose calmement, chacun pouvant accepter d'être transformé en observateur potentiel. Dans la poche, puis au poignet, des ordinateurs miniatures se chargeaient de faciliter les banales actions du quotidien. Pour ce faire, à l'intérieur d'un boîtier comportant des caméras vidéo sur chaque face, on avait placé des systèmes de détection activables à distance, protégés par une coque design indémontable. Ces capteurs magnétiques et sonores étaient allumés en permanence. Des études avaient d'ailleurs montré que le comportement des utilisateurs évoluait à mesure que la batterie de leur appareil se vidait ou se chargeait. D'un côté, l'angoisse ; de l'autre, le réconfort. Le vide et le plein. On appelait ces téléphones, qui étaient bien plus que cela, des *smartphones*, des « téléphones intelligents ». Ce vol d'autonomie, parfaitement légal, était réclamé par l'usager, accro à une Toile rendue la plus fluide et douce possible. En cochant une case au bas d'un contrat, il signait son accord sur la face émergée d'un iceberg composé de couches opaques.

Ceux qui contestaient étaient d'abord ignorés puis raillés. Ils furent ensuite ostracisés ou emprisonnés, jusqu'à en mourir, pour simplement avoir parlé. Les voix dissonantes se noyaient dans le flot d'informations et de divertissement, et les inventeurs de ces plates-formes systématisaient la collecte de données à des fins prédatrices, pour influer sur la vie de quatre milliards de personnes dans les domaines de la banque, de l'assurance, de la recherche, de l'embauche... Le réseau était devenu un nouvel Éden où la réactivité devait être la norme tandis qu'il fallait être joignable partout et tout le temps. Chaque seconde, des millions de messages partaient en rafales : « Tu es où ? Tu fais quoi ? » Un système permettait de voir que le message avait été lu, et la fièvre montait au cerveau à mesure que les minutes s'écoulaient. Les amants se sentaient trompés, les amis négligés et les collègues ostracisés. Lumière rouge pour annoncer une réponse, le *shoot* de dopamine parcourait l'échine au moment de lire la réponse. Comme un souffle, ces quelques mots réjouissaient le cerveau et le cœur : « Je regarde des vidéos de chats qui jouent avec une pelote de laine. Le plat commandé il y a vingt minutes n'est toujours pas arrivé : WTF ? Pour la peine, je laisse une note pourrie et un commentaire énervé sur la plate-forme de livraison. Et toi ? » L'œil allait d'une conversation à l'autre, d'un *chat* à un autre. Des cœurs et des images avaient remplacé les mots pour gagner du temps ; les émotions ressenties étaient tellement fugaces qu'elles ne valaient plus la peine qu'on les écrive. Elles allaient sans dire, mais il fallait les montrer. On draguait en ligne via des applications qui vous localisaient en temps réel, pour baiser le plus près de chez soi. Plus pratique, plus efficace. « Maintenant ? Maintenant. Chez toi, chez moi ? Viens-t-en. » Et ça ne dérangeait personne de savoir que celui ou celle derrière son écran pouvait savoir à quel endroit vous vous trouviez en temps réel, à une centaine de mètres près. Cent mètres de périmètre, la distance de sécurité acceptable.

En 2020, 20 % des foyers nord-américains avaient leur maison connectée et, en 2028, avant le grand bug, près de 85 % ne prenaient plus la peine de tourner un interrupteur pour allumer la lumière ou faire griller une tranche de pain de mie : une intelligence artificielle s'en chargeait pour eux. Tout était conçu par des spécialistes du *user experience* qui répondaient à un cahier des charges optimisé par modalités de management agiles, de la connexion douce, des applications fluides. Dans le même temps, le *top management* des entreprises de La Tech s'isolait une fois par mois en forêt pour réfléchir avec papier et crayon, sans ordinateur. Pour les meetings, ils privilégiaient la marche et les échanges directs. La marche, le papier et le calme, nouvelles tendances des branchés minimalistes, promoteurs de la légèreté ultra-connectée et qui voulaient penser avant de se *replugger*. On masqua le fait que les personnes érigées en génies, fondateurs, concepteurs et promoteurs des réseaux, passaient leur temps libre hors de leurs spectres et interdisaient à leurs enfants d'approcher un écran. Les écoles hors de prix dans lesquelles la descendance de cette nouvelle aristocratie mangeait local et bio étaient intégralement déconnectées.

Isabelle

Je me souviens des trajets en métro. L'annonce de la prochaine station retentissait. Les passagers levaient le regard vers les portes qui s'ouvraient sur une foule. Descendre, foncer tout droit ! Ça poussait sans voir et sans sentir les voisins, qui poussaient eux aussi. Le couloir des marcheurs aux têtes baissées sur leurs écrans avalait, digérait et régurgitait de nouvelles têtes baissées sur leurs écrans. *Bip !* « Attention à la fermeture des portes. » En avant !

Au fur et à mesure que les années passaient et que la technologie colonisait les salles de classe, envahissait les cerveaux des élèves et leur prélevait la moindre once d'attention, les comportements changeaient. Ce concept de confort et d'indifférence, j'ai souvenir de l'avoir mesuré de plus en plus fortement au cours de ma carrière d'enseignante. Dans les couloirs des bibliothèques, les allées de l'université la plus prestigieuse, les étudiants, nuques courbées sur leurs « téléphones intelligents » et écouteurs à l'oreille, se télescopaient, absorbés par leur fil d'actualité. Le *feed*, leur nourriture. Dans le regard, un soupçon de stupeur qu'on eût osé les toucher. Comme des clones, ils portaient simultanément la main à l'oreille pour en retirer les écouteurs, et s'adressaient une phrase du genre : « Tu pourrais faire attention ! » Puis, sans même s'excuser, ils reprenaient leur trajet, conduit par Moogle, le GPS dernière génération intégré à leur téléphone. Des doctorants, soi-disant trop pris par leurs recherches, sollicitaient un livreur d'Uver ou Deliberoo, la plupart du temps pauvre et immigré, pour se voir porter un sandwich light et végétalien. Le système leur donnait toujours le sentiment de choisir. Entre, ici, un cycliste famélique et stressé sans protection sociale et, là, une voiture parcourant une poignée de kilomètres pour servir à une étudiante surdiplômée le repas qu'elle aurait pu trouver en bas de son immeuble. La pizza la plus consommée était celle sans gluten ni lactose, tout le monde était réellement devenu allergique à tout.

La jeunesse manifestait contre le réchauffement climatique, téléphones cellulaires en main, montres connectées dans l'autre, et repartait chez elle en taxi. Les ministres de la province et du pays se succédaient en tête des cortèges, faisant mine d'ignorer leur responsabilité. La Première ministre avait même allaité son enfant pendant la marche – on n'avait parlé que de cela. Les femmes s'étaient senties renforcées ; elles déchanteraient bien vite.

Déjà minoritaire au gouvernement, la Première ministre devint quelques semaines plus tard incapable de faire face à la crise (trop occupée à allaiter son enfant, avait-on plaisanté). Elle avait donc été destituée. À sa place, on mit une femme un peu plus âgée et croyante, qui décida d'abolir le droit à l'avortement, d'instituer le christianisme comme religion d'État et de rétablir l'ordre juste à travers les provinces. Et tout le monde trouvait ça normal. Tout le monde, sauf moi et quelques collègues et amis.

Elsa

À la fin de mes études de commerce, la situation économique n'était déjà plus vraiment florissante. Passé 40 ans, il devenait difficile de conserver son emploi ou d'en trouver un autre, tant les révolutions technologiques successives vous muaient en vieillard sénile. Plus vous étiez jeune et connecté, plus vous étiez prisé. Après 32 ans, si vous n'aviez pas pris la peine de vous former régulièrement et de vous tenir au fait des nouveautés, vous passiez vite en queue de train. Immanquablement, un jour, on vous débarquait... Pour survivre, une misérable pension était déposée tous les quinze jours sur votre compte en banque ; libre à vous de compléter cette obole versée par l'État-providence. Le choix était large : louer votre logement via une plate-forme web, être commis dans un magasin, ouvrier agricole ou manutentionnaire pour gâcher du béton sur les chantiers. Ou encore préparateur de *flat whites* et de thés au gingembre dans un établissement hype. Pendant huit heures, avec pause pipi de dix minutes, vous receviez dans l'oreillette les commandes prises en note par une intelligence artificielle, et vous aviez soixante-sept secondes pour les préparer, sans éclaboussures. Sur le gobelet en carton (recyclable, bien sûr), vous inscriviez à l'encre magique le prénom du client. Il aimait voir son prénom sur les objets, c'est comme s'ils lui appartenaient. Un robot-serveur lui déposait ensuite son breuvage sur une table de verre connecté où il lisait ses courriels, sélectionnait des photos, choisissait les séries qu'il allait voir et enregistrait tout ça dans le *cloud*. Et tout le monde trouvait ça normal.

Je trouvais ça normal, j'en étais. Nous étions toujours les mêmes, les clients : les hommes étaient gonflés en salle de sport, fausses lunettes de vue sur le nez et barbes soigneusement taillées, et les filles portaient des vêtements vintage ou des leggings ultramoulants, des tops laissant le ventre à l'air pour l'été, ou des manteaux de fourrure végane pour l'hiver ; quelques transsexuels à talons, qui avaient pu s'extraire de leur milieu d'origine où on les avait harcelés, complétaient le groupe. Entre nous, nous ne parlions que de nous, obsédés par nos greffes capillaires, nos implants mammaires, le gras sous nos bras, nos fesses sculptées en salle de sport selon un programme appliqué à tous. Nous étions inspirés par des influenceurs qui postaient sur leur compte Grammesdinstantané des photos dans des lieux paradisiaques, agrémentées d'une phrase ponctuée de #gratitude, #beauté, #humeur ou #humilité.

Après ses 1 200 cafés, le serveur terminait sa journée et rentrait chez lui en prenant garde à la sortie de ne pas marcher sur l'un des nombreux enfants qui dormaient dans la rue. Pour des raisons de sécurité, devenues évidentes à force de discours et d'habitudes, on avait fermé aux itinérants l'accès des stations de métro, même s'ils se munissaient d'un billet électronique. Le système avait fait ses preuves en Californie, en Colombie-Britannique et à Toronto. En quelques années, les clochards avaient disparu. Les centres d'accueil de jour comme de nuit étaient confiés à des sociétés « spécialisées dans le soin et le lien à la personne ». Les laboratoires pharmaceutiques et l'industrie pétrolière soutenaient la chaîne de générosité lancée par les géants du numérique, qui avaient mis en place une application de localisation des personnes vulnérables. Il suffisait aux passants de photographier la personne identifiée comme SDF et d'envoyer cliché et coordonnées GPS via l'application. En une dizaine de minutes, un véhicule électrique se rendait sur les lieux. Le passant était déjà loin, repris par ses courriels et ses *apps*, qu'une photo du malheureux lui parvenait, pouce levé et sourire édenté, en guise de remerciement pour son altruisme. Au fil des mois, les itinérants sortaient un à un de la rue et ne donnaient plus de nouvelles. Ne dit-on pas : « Pas de nouvelles, bonnes nouvelles » ?

Je vais proposer une pause, notre Floarea a l'air épuisée.

Isabelle croque dans l'un des quartiers de pomme qu'Elsa vient de lui tendre, en en gardant un pour elle et deux pour Floarea. Toutes trois sont assises sous l'auvent d'une station-service à l'abandon, appuyées au mur du bâtiment qui servait de commerce sur la 25 Nord. Les voyageurs y trouvaient des chips, des bonbons, des bières, des cigarettes, des hot-dogs, des chewing-gums, et des sodas. Il n'en reste rien. La porte d'entrée a les vitres explosées, le distributeur de billets ainsi que le guichet blindé du vendeur de nuit sont criblés d'impacts de balles. Floarea se lève et explore. Elle a toujours fait ça : fureter à travers les ruines pour essayer de comprendre ce qui est arrivé. Les pistolets à essence pendent hors de leur fourreau de métal et sont attaqués par la rouille. Tout autour, les enseignes commerciales Petricanada, Bim Horbons, Effo, McRonald's ont été mitraillées.

L'hiver, resté vigoureux malgré le dérèglement climatique, a tout poncé. De chaque côté de la route, des voitures à l'abandon et des panneaux publicitaires désespérément éteints et laids habillent le paysage de béton, de métal et de plexiglas. Une salle de gym a perdu ses tapis roulants, seuls les haltères sont restés sur place. Le reste a été pillé puis revendu, réutilisé ou brûlé. Isabelle et Elsa contemplent ce gâchis d'espace et d'énergie dépensée à climatiser pour vendre des canapés convertibles, des autocuiseurs, des *pick-up*, de la lingerie, du vin ou des quads.

« Les émeutes dans Montréal-Nord prennent de l'ampleur, et la police semble dépassée. À l'heure où je vous parle, plusieurs commissariats de la SPVQ brûlent ; les habitants envahissent les rues pour crier leur colère, à la suite du meurtre d'une famille arrivée du Salvador il y a peu et accueillie au sein du quartier de Parc-Extension. Pour l'heure, les motifs de l'assassinat restent flous, mais la communauté est convaincue par la thèse du racisme ordinaire qu'elle subit depuis des décennies, couplé à l'impunité dont bénéficient les forces de l'ordre. »

Isabelle se souvient du moment où elle s'était rendu compte que rien ne serait plus comme avant. En marchant au milieu de la route en direction des Laurentides, elle remâche en pensée le quartier de pomme dont l'acidité lui rappelle le goût d'une soirée de l'automne 2029 :

elle écoutait la radio en pelant des fruits. Dans le grand saladier en verre, le beurre en cubes recouverts de farine attendait les jaunes d'œuf et le sucre, pesé sur la balance. Elle se souvient de la sensation dans ses mains qui malaxaient la matière grasse et l'amalgamaient à la farine. Absorbée, elle écoutait les chroniqueurs s'écharper dans leur studio du centre-ville de Montréal à propos des miséreux des quartiers Nord. Ils étaient devenus de plus en plus nombreux et de moins en moins dociles. Depuis trente ans, on expliquait au simple et bon peuple la menace de la crise qui couvait et, avec elle, le raz-de-marée du chômage et la plaie de la dette qui s'ensuivraient. Sauf que le formatage des esprits avait fait long feu : du travail, il n'y en avait plus depuis 2025, et le taux d'endettement des ménages n'avait pas freiné. Consommer était resté le dernier espace de liberté pour tous. L'accès plus diversifié à l'information, pour peu que l'on sache trier, avait participé à la conscientisation des classes modestes, qui avaient ouvert les yeux sur l'incurie des puissants, et la théorie du 10 % avait fait le reste.

L'inflation continuait sa déflagration. Le coût de la nourriture augmentait, les loyers explosaient et les pauvres étaient repoussés vers des immeubles bâtis à la hâte pour eux, en zone inondable. Au fil des mois, la province, en partant de ses métropoles, s'était révoltée, suivant la voie tracée par les villes des Grands Lacs, aux États-Unis, et par celles d'Europe, parties en fumée quelques années auparavant. Pour répondre aux jacqueries, la peur était devenue le seul levier politique et l'on désaxa l'opinion vers la menace accourant de l'étranger. Insidieusement, les esprits s'habituèrent aux politiques généralisées et ouvertement racistes qui quelques années auparavant auraient causé le dégoût. On insulta à tour de bras, du gauchiste à l'écolo, du travailleur populiste à l'immigrée voilée, et la société se cristallisa entre les conservateurs et les progressistes autoproclamés. Les Québécois jusqu'ici si calmes et tolérants se souvinrent qu'ils avaient des racines chrétiennes et blanches, et les ratonnades se démocratisèrent. Dans le quartier Saint-Michel, à Montréal, des suprémacistes blancs adeptes des armes à feu venus pour exploser la face des Haïtiens tombèrent sur plus forts qu'eux. En représailles, on fit donner la police. On pensait que le Canada ne serait jamais touché par les horreurs que l'Europe avait connues et dont elle ne se dépêtrait pas. Personne ne croyait en ce qu'il voyait, considérant qu'ailleurs c'était pire. Et puis l'obscénité grimpa encore d'un cran.

Isabelle

Puisqu'il ne pouvait y avoir de reprise des affaires qu'une fois les révoltes matées et qu'il était grave d'emmerder les banquiers, l'armée canadienne investit les villes pour remettre de l'ordre. Les populations se scindèrent définitivement : l'extrême-droite et l'oligarchie firent bloc, comme elles l'avaient systématiquement fait par le passé, parce que le *business* n'a pas de nez, et le racisme pas d'odeur ; les bourgeois aussi se rangèrent là où on les attendait, du côté du pouvoir et de l'ordre. Après avoir feint de craindre une dictature verte, on légitima un régime fascisant, fondé sur la sécurité des biens avant celles des personnes. L'état d'urgence fut mis en place pour une durée indéterminée et les élections suspendues « le temps nécessaire à la gestion de la crise », qui dure depuis cinq ans. Le droit de manifester fut aboli, celui de faire grève restreint drastiquement, et tous les rassemblements d'opposition furent réprimés. Pour relativiser l'effroi généré par les images de ces rassemblements, on fit croire que casser les biens était pire que briser les humains.

Dans les soupers rupins et sur les plateaux de télévision, on justifia l'innommable : « Quand on participe à un rassemblement qui a déjà vu des magasins brûler, des agressions commises, des gens rackettés, des entreprises fermées et des gens virés… il ne faut pas s'étonner qu'il y ait des blessés ou des morts. Les participants savent pertinemment qu'ils ne vont pas à la chasse aux papillons. » Pour la classe aisée, qui rêvait secrètement de l'être davantage, la restriction des libertés était d'autant plus supportable que la première avait les moyens de ne pas pâtir de la surveillance généralisée de la société. Ça n'était pas ses gosses ou ses parents qui sortaient mutilés des manifestations. Ce mépris de classe n'avait bien sûr pas débuté à cette période, mais la crise avait cristallisé cette morgue, sans frontières ni calendrier. La majorité de ceux qui pensaient appartenir à la haute, ces « imbéciles heureux qui sont nés quelque part », comme le chantait le poète français Georges Brassens, disparu au XXe siècle, regardaient avec dédain la populace et hurlaient au scandale devant les devantures brisées. Dans le même temps, partout, au sud de l'Équateur, la vie était devenue un enfer.

Elsa

J'ai compris que je ne pouvais plus continuer comme ça le jour où j'ai écouté un explorateur polaire, quinquagénaire blond et beau comme un iceberg, nous faire un point sur le testament des glaces, la destruction du vivant et la stérilisation des terres arables. C'était au cours d'une conférence organisée par mon entreprise. Des militants pour la préservation de l'environnement en avaient profité pour faire un *happening* et m'avaient appris que la plus grande marque de soda de l'époque, Caco-Calo, qui vendait 4 000 bouteilles à la seconde dans le monde, organisait des opérations de nettoyage des plages, des parcs et des espaces naturels envahis par le plastique qu'elle avait produit. Ce jour-là, je compris qu'on m'avait menti et que je m'étais laissé endormir. Je me promis d'arrêter.

Ce ne fut pas facile. Jeune diplômée, et pendant mes premières années dans l'agroalimentaire, où un salaire à six chiffres m'était versé, je prenais les fondateurs des multinationales pour des héros. Oui, j'aimais ces gens dont les rêves permettaient d'écrabouiller ceux de millions d'autres. Je dévorais leurs autobiographies, me convainquant que les termes « mérite », « travail », « valeur » et *self-made man* avaient une signification et une réalité. Je me prenais à embrasser cette mythologie mythomaniaque.

Je portais ces gens aux nues alors que leur place était dans l'égout. Ces voyous, on nous les imposait en conférence, sur les réseaux, en publicité dans le métro, sous nos yeux, dans nos oreilles. On oubliait de nous dire – et nous ne cherchions pas à savoir – que ces prétendus bienfaiteurs dirigeaient des entreprises dans lesquelles un emploi créé avait causé la destruction de trois autres ailleurs. Des compagnies dans lesquelles des intelligences artificielles donnaient leurs instructions à des préparateurs de commandes. Ces dernières étaient livrées par des drones qui offraient l'option, en rentrant à l'entrepôt, d'effectuer une petite surveillance aérienne. On pliait la réalité façon origami en présentant ces chefs d'entreprise comme des philanthropes visionnaires. Leurs fondations, en réalité, prenaient la place des États du tiers-monde. Je le savais pour avoir effectué mon stage de fin d'études pour l'une d'entre elles.

J'étais en mission : former les locaux pour diversifier leurs activités et assurer leur développement. Depuis des années, les habitants d'Asie du Sud-Est, d'Afrique et d'Amérique du Sud étaient frappés impitoyablement par le changement climatique. En première ligne, les agriculteurs, à qui j'avais expliqué que le tourisme leur serait plus profitable. Ils nous avaient fait confiance, malgré notre passé à leur endroit, et une inondation ou une sécheresse plus musclée que les précédentes avait suffi à anéantir leur outil de travail. Les catastrophes s'empilaient et, moi, je donnais des conférences, parce qu'on trouvait mon parcours inspirant. Je participais à des colloques sur les promesses d'avenir dans les pays du Sud pendant qu'éclataient les émeutes de la faim. Par vagues successives, des colonnes de gens venus d'ailleurs se mirent à affluer vers les pays riches. L'Amérique du Sud, l'Amérique centrale et les Caraïbes, dévastées politiquement et écologiquement, prirent la route vers la paix et l'argent qu'elles pensaient trouver au Nord. Las, ceux qui réussirent à traverser les États-Unis ravagés par la guerre civile trouvèrent le Québec dans un état spasmophilique.

En fait, ce n'est pas un caillou dans ma chaussure qui me fait mal, j'ai simplement une ampoule qui saigne et ne cesse de se creuser. Je propose à Isabelle et Floarea de continuer à marcher ; je les rattraperai à la course. Privilège de la jeunesse, encore qu'Isabelle soit sacrément en forme ! Après trois mois sur les pistes, je croyais être affutée, mais elle, pas besoin, c'était déjà une mère louve, musclée et fine comme un animal sauvage. Contrairement à moi, elle n'a jamais cédé aux sirènes du confort. Grâce, rusticité et endurance, voilà son triptyque. Je suis plus excessive.

Le jour de ma révélation, j'étais rentrée chez moi, avais largué mon gars, vidé une à une mes armoires, pour ne garder qu'un sac à dos rempli du linge auquel je tenais ; j'avais laissé le reste à une association. Ensuite, j'avais envoyé un courriel à ma DG et mon DRH pour leur dire que je ne reviendrais plus jamais chez eux. Puis j'avais suivi des cours de krav-maga et d'agriculture urbaine. Et en deux ans, j'avoue que j'ai plutôt progressé et qu'il en faudra au mec qui voudra poser ses pognes sur moi.

Quant aux champs, le sillon avait été mon salut. Alors que je passais ma vie à vendre de la bouffe et à fourguer aux agriculteurs des solutions efficaces pour un maximum de profit, il me fallut cet éclair de lucidité pour mettre enfin les pieds dans la terre. Du lundi au samedi, de 5 heures à 17 heures, c'était « Elsa à la campagne », et le soir, « Elsa apprend à mettre des raclées ». Isabelle, elle, n'a pas eu besoin d'apprentissage. Elle avait maintenu un potager depuis ses 18 ans et, les trois quarts de sa nourriture, elle les produisait sur le toit de son immeuble. Elle initiait les enfants des voisins aux joies du jardinage puis les conviait chez elle pour leur montrer comment aiguiser un couteau, éplucher des carottes, faire des tartes aux pommes et des tourtières maison, de tête et les yeux fermés pour ne jamais regarder un écran ! Ceci dit, il n'y avait pas d'écrans mais beaucoup de fenêtres chez Isabelle, question de principe. Ça rigolait sec dans son appartement dont elle ne fermait jamais la porte. La transmission, en tout temps. Même en marchant, elle raconte des histoires à Floarea, lui montre des choses, l'éclaire sur ce qui l'entoure. Floarea ne dit rien, bien sûr, mais elle enregistre tout. Câblée, la petite !

Foutues godasses ! Bon, ma peau est toujours là. Je me rappelle ma formation de secouriste en milieu éloigné : « On ne crève pas une ampoule et on laisse un maximum de peau protectrice pour éviter l'infection. » Et sinon, ben on désinfecte et on serre les dents. Je me crache sur le talon, me masse un peu autour du bubon et grimace.

Je remets ma chaussette, lace plus serrée ma chaussure et fais un essai. Marche rapide… Correct ! Alors, je cours vers Isabelle et Floarea, qui m'attendent en souriant. Quelle ironie quand même ! Je pensais éviter les migrations à mes petits protégés des Caraïbes et d'Amérique latine, et ce sont finalement les leurs qui ont précipité la mienne. Enfin, je ne leur jette pas la pierre, ils n'y sont pour rien. C'est nous qui avons laissé des régimes fantoches vendre nos armes et assurer une sécurité à nos approvisionnements en terres rares. C'est nous qui avons déversé des tonnes de bombes à l'étranger, pillé les ressources naturelles et ruiné les écosystèmes. Ne nous plaignons pas si ces gens ont pris des risques inouïs pour trouver une vie meilleure !

Quand je pense que des guignols nous disaient « Nous sommes tous dans le même bateau, nous n'avons qu'une seule planète ! » pour masquer la fuite de leurs amis des élites déjà embarqués dans les canots de sauvetage. À Toronto et Montréal, comme en Europe occidentale, les gens influents, les patrons de fonds d'investissement savaient bien ce qui se tramait, achetaient des maisons dans la partie la plus septentrionale du monde habité et faisaient apprendre à leurs enfants le suédois, le norvégien et même l'inuktitut ! Pendant qu'ils stockaient les boîtes de conserve et les armes pour repousser leur fin, des millions de personnes exténuées étaient matées par les pouvoirs publics qui n'avaient de public que le nom puisqu'ils défendaient des intérêts privés. Mais le peuple s'était réveillé !

Le Québec avait eu sa part de révolte. Des manifestations géantes irriguèrent la province, et la répression frappa en conséquence. Avec des morts, bien sûr. Comme cela faisait trois ans qu'il y en avait, les gens s'étaient habitués. On s'habitue à tout en fait, c'est pour ça qu'il faut se surveiller en permanence. Les parents de Floarea, militants politiques, comptaient parmi les victimes, malheureuses mais acceptables, pour maintenir l'ordre régalien. Je m'en souviens. Isabelle aussi était là. Nous marchions côte à côte, nous tenant la main sans nous connaître, comme des milliers de personnes avec nous. Quelques mètres à notre droite, Marie-Axelle, Christophe et Floarea marchaient tranquillement en famille. Quand la police s'était mise à charger et à tirer au *flash-ball*, appuyée par un canon à eau, Christophe avait jeté sa fille dans les bras d'Isabelle, et Marie-Axelle m'avait hurlé : « Elle s'appelle Floarea ! Prenez-la, soignez-la, sauvez-la ! » ; puis ils avaient été avalés par la marée bleue. Des manifestants costauds, qui avaient eu le temps de faire barrage, nous avaient permis de fuir. Les jours suivants, nous écumâmes tous les hôpitaux dans l'espoir de retrouver les parents de Floarea, et découvrîmes l'horreur à la morgue du CUSM. Depuis la manifestation, Floarea ne parle plus.

— Alors tes pieds ?

— Ça n'est pas brillant, mais ils marchent. Ça va, vous ? Isa, tu tiens le coup ? Et toi, ma Floarea, comment te sens-tu ? Bien ? Tu es sûre ? Quel sourire tu as, ma belle ! Garde-le, on en aura besoin, surtout moi, ça m'aidera à oublier mes pieds. Fait qu'on quitte cette route ? J'en peux plus du béton et des chars à l'abandon. J'ai besoin de voir du vert !

— Oui, je pense de toute façon que nous sommes suffisamment remontées vers le nord. Donc, on peut piquer à l'est et traverser Lanaudière puis faire un point quand on sera à hauteur de Mastigouche, l'ancienne réserve faunique. J'ai bon espoir qu'on puisse trouver l'Oasis là-bas.

Isabelle

Il était temps de passer à autre chose, de s'extraire de la bauge pour construire un idéal commun dans lequel chacun pourrait puiser et ajouter sa pierre. Puisque, de toute évidence, l'État n'en finissait pas de mourir dans d'atroces souffrances, il ne fallait surtout pas le maintenir en vie par des procédés artificiels. Penser plus loin, passer à autre chose, agir, s'engager et tendre une main, ou les deux, pour payer sa dette à la vie et proposer surtout à son ultime rejeton, notre Floarea, un avenir plus gracieux que celui que ma génération avait regardé naître avec fascination et que celle d'Elsa avait pratiqué avec obsession jusqu'à le vider de sa substance. Cela faisait des décennies que je me creusais la tête sur un avenir possible et meilleur avec quelques amis universitaires et radicaux vieille école. Toute occasion était bonne pour en parler et nous organisions des conférences, des semaines thématiques au cours desquelles, sous forme d'ateliers ou de cours, nous tentions de proposer quelque chose d'attirant. Nous montrions les expérimentations que nous avions faites, les défaites classiques et les victoires qui nous avaient procuré le bonheur et les joies de l'autonomie et de la reprise en main de sa vie. « Faire soi-même, c'est déjà proposer une alternative ! » martelions-nous.

Ensuite, il a fallu enseigner pourquoi et comment renoncer à son confort, cesser d'alimenter la panique et faire renaître le désir. Mais que manquait-il à nos élèves et nos contemporains pour agir ? C'est la question que je me posais avant de trouver une réponse, grâce à Elsa. Elle me synthétise ça *hic et nunc*, sur la route. La réponse est simple : le besoin d'être guidé.

— Nous ne sommes collectivement plus investis dans la chose publique, donc nous nous sommes laissé déposséder. Il faut remettre la main sur nos agendas et nos vies, et reprendre du plaisir à faire. Mais il faut s'engager au quotidien, sinon ça ne marchera jamais. Par cet engagement dans le quotidien, notre attention sera aguerrie et charpentée, et il deviendra plus difficile de nous rouler puisque nous serons davantage maîtres de nos vies.

— Et tu suggérerais quoi ?

— Ben, d'abord, se réinformer. Mais, comment ?

— En jetant nos écrans, qui n'ont qu'un but, nous divertir et nous couper de ce sur quoi nous avions la main. Et puis, il faut ouvrir nos fenêtres et nos portes, montrer notre curiosité et notre envie d'apprendre.

— C'est pour ça que tu ne fermais jamais la porte à clé chez toi ?

— Oui, rien n'était précieux, et une visite apporte toujours de belles surprises.

— Ce qui m'énervait le plus pendant la période qui précédait le chaos, c'était que ceux qui savaient regardaient ailleurs. À un moment, faut se responsabiliser ! Quand on sait, on doit agir et réfléchir à quoi faire.

— Bon début, Elsa ! Je vois que tu vas pouvoir nous faire des exposés de qualité. Et sur un plan plus économique, puisque c'est ta discipline, que suggères-tu ?

— C'est simple : sobriété, produire localement et arrêter de tout jeter. "Le géographique", ça, c'est toi qui me l'as appris.

— Se fixer, tu veux dire ? Oui, il faut commencer le changement par chez soi en identifiant des îlots amicaux et en prenant part aux initiatives dans sa localité. Retrouver une échelle réduite et donc efficace. Et puis créer, mais jamais seul.

— Pourquoi ? C'est beau, pourtant, la solitude.

— Elle est féconde, mais il nous faut aussi penser en tant que collectif en rompant avec l'individualisme. Rassure-toi, pour avoir un beau collectif, il faut favoriser l'initiative individuelle puis en partager la connaissance et la rendre accessible à tous. Tu peux faire ça dans n'importe quoi : en brassant de la bière, en te lançant dans la peinture, la couture ou l'agriculture vivrière...

— Se passionner, je me souviens que c'est ce que tu nous conseillais quand on discutait à la fin de tes sessions plénières. Tu nous disais : "Trouvez ce qui vous stimule et pratiquez cette passion en prenant du temps, osez sortir de vous-même et de votre quotidien ! La nouveauté est généreuse en beauté et en bonheurs divers." Et tu nous disais surtout qu'il fallait s'accrocher à ce qui nous porte, et le travailler pour le faire durer.

— Oui, parce que le système n'a rien à craindre des exaltés temporaires. Ceux qui lui font mal, ce sont ceux qui tapent au même endroit sans se lasser. Pour se faire aider et créer quelque chose qui dure, il faut répondre aux besoins des gens de façon simple, accessible et avec une grande notion de plaisir. C'est là où ton expérience du marketing pourra aider nos amis.

— J'ai hâte ! On va reconstruire "à notre sauce", apprendre à faire de nos mains. On va balancer nos téléphones cellulaires, oublier le *cloud* et repartir à zéro, avec toute la connaissance d'aujourd'hui et la rusticité des anciens. On va exploser nos GPS et reprendre la bonne vieille carte et la boussole. On va retrouver la vitalité du corps à l'exercice. On va vivre une renaissance. Tant pis s'il faut un combat pour y arriver, ils ont trop à perdre, donc ils vont se défendre, et des gens vont mourir.

— Tu es prête à mourir ?

— Ben, là, je n'en sais rien. Ce que je sais, c'est que je veux créer, fabriquer et bifurquer, permettre une suite nouvelle.

— Penses-tu que les gens désirent ce que tu proposes ?

— Pas tous, non. Ceci dit, je pense qu'ils sont nombreux, ceux qui n'acceptent plus qu'on les prenne pour des crisses de caves. Moi, je crois que, si l'on respecte ces gens et qu'on leur montre combien l'exigence peut être profitable, alors oui, je crois qu'il y a quelque chose à tenter.

— On ne va pas chômer ! Et on va beaucoup se tromper, tu es prête à ça ?

— On commence quand, Isa ? On est encore loin ?

— Je crois bien que nous arrivons.

Floarea a sauté le ruisseau qui bouillonne en contournant les roches et en roulant des galets. De surprise, Elsa empoigne la main d'Isabelle et la serre à lui en faire sauter les jointures. Une vaste clairière s'ouvre devant elles, tracée au cordeau, encerclée par les futaies et surplombée de sapins serrés les uns aux autres. Orientées au sud, quelques maisons de terre crue aux toits de bois laissent passer, entre leurs façades, la pureté ocre de cette fin d'après-midi. Au centre, une bâtisse plus haute, au toit photovoltaïque, abrite du matériel de jardinage et de bricolage ainsi qu'une poignée de vaches somnolentes et leurs veaux affamés. À l'ouest brillent un verger et un potager chargés de fruits et de légumes derrière un enclos bien taillé. Un geai bleu geint de souffrance, il appelle sa femelle partie en vadrouille ou vers quelque autre mâle attirant ; les merles lui intiment de se taire ou compatissent. À la lisière de la clairière, une harde de chevreuils s'attaque aux jeunes pousses d'un bouleau.

Les habitants du lieu déposent leurs outils et laissent leurs occupations pour accueillir les arrivantes. Ils connaissent bien Isabelle, tous sont ses anciens élèves ou des amis de longue date partis en éclaireurs, bien avant la débandade générale. Dans la lumière rasante du jour qui meurt, la professeure reconnaît Nine et Camille, duo d'architectes géniaux à l'origine des maisons en terre. Maryam et Silouane sont occupés à évider un tronc pour en faire une pirogue. Il y a Clémence et Guillaume, experts psychologues du groupe, et Florence et Ludovic, les références en termes de soin. Arrivent enfin Alban et Gabriel, les vieux loups qui reviennent des champignons.

Une joyeuse marmaille braille aussi au loin. Des mioches superbes, vifs et bruyants. Isabelle aperçoit Paul qui harcèle Augustine, qui ne décroche pas de son livre. Au pied d'un arbre centenaire, Timothée et Victoire observent les fleurs et en cueillent quelques-unes pour faire un bouquet. « Valentine ! » hurlent en chœur Lucie, Pierre et Bertrand. « Valentine et Brune, il est où, le ballon ? » Charbel arrive nonchalamment, le visage noir de terre, un poignard à la ceinture, un arc et son carquois dans le dos. Il n'y a que Juliette et Zélie qui manquent à l'appel. Ah, non ! Juliette est là, en train de cacher ses trésors dans la paille qui sert de litière aux vaches. Et Zélie doit encore être planquée quelque part pour observer les renards. « Toute petite déjà, elle fuguait au moment de faire les récoltes », s'amuse Isabelle. On fait asseoir les voyageuses sur des billes de bois face à un fromage, une cruche d'eau et une miche de pain frais. Aucune question n'est posée, seulement des moues encourageant à se restaurer.

— Ici, c'est ici que je veux vivre.

Isabelle et Elsa se retournent simultanément vers le ruisseau. Les pieds dans l'eau, Floarea baisse la tête en souriant.

BIBLIOGRAPHIE

ACQUELIN José & BACON Joséphine, *Nous sommes tous des sauvages*, Mémoire d'encrier, 2011.

AQUIN Hubert, *Prochain épisode* [1965], Bibliothèque québécoise, 1996.

ARCAND Nelly, *Putain* [2001], Éditions du Seuil, coll. « Points », 2020.

BACON Joséphine, *Un thé dans la toundra*, Mémoire d'encrier, 2013.

– *Uiesh, Quelque part*, Mémoire d'encrier, 2018.

BARBEAU-LAVALETTE Anaïs, *La femme qui fuit* [2015], LGF, 2017.

BEAULIEU Victor-Lévy, *Mémoire d'outre-tonneau* [1968], Boréal, 2010.

BERGERON Léandre, *Petit manuel d'histoire du Québec* [1974], VLB Éditeur, 1990.

BOUCHARD Serge & LÉVESQUE Marie-Christine, *Elles ont fait l'Amérique*, t. 1 : *De remarquables oubliés*, Lux, 2011.

– t. 2 : *Ils ont couru l'Amérique*, Lux, 2014.

– *Le Peuple rieur, Hommage à mes amis innus*, Lux, 2017.

CHEVALIER DE LORIMIER, *15 février 1839, Lettres d'un patriote condamné à mort*, Comeau & Nadeau, 2001.

DENEAULT Alain, *Paradis fiscaux, La filière canadienne (Barbade, Caïmans, Bahamas, Nouvelle-Écosse, Ontario...)*, Écosociété, 2014.

– *La Médiocratie*, Lux, coll. « Lettres libres », 2015.

– *Faire l'économie de la haine, Essais sur la censure*, Écosociété, coll. « Polémos », 2018.

DERRICKSON Ron & MANUEL Arthur, *Décoloniser le Canada, Cinquante ans de militantisme autochtone*, Écosociété, coll. « Parcours », 2018.

DORION Catherine, *Les Luttes fécondes, Libérer le désir en amour et en politique*, Atelier 10, 2017.

ÉMOND Bernard, *Il y a trop d'images, Textes épars : 1993-2010*, Lux, 2011.

– *Camarade, ferme ton poste, Et autres textes*, Lux, 2017.

FALARDEAU Pierre, *La liberté n'est pas une marque de yogourt* [1995], Typo, coll. « Essai », 2010.

FILTEAU Gérard, *Histoire des Patriotes*, Éditions du Septentrion, 2003.

HÉBERT Anne, *Les Fous de Bassan* [1982], Éditions du Seuil, coll. « Points », 1998.

HÉBERT Bruno, *C'est pas moi je le jure !*, Boréal, coll. « Compact », 1997.

JULIEN Pauline, *Suite québécoise*, Gamma, 1967.

LAFERRIÈRE Dany, *L'Énigme du retour* [2009], LGF, 2011.

LECLERC Félix, *Pieds nus dans l'aube* [1946], FIDES, coll. « Biblio », 1995.

– *Adagio, Contes* [1943], FIDES, coll. « Biblio », 2015.

Lê-Huu Marie-Christine, *Jouliks*, Lansman, coll. « Théâtre à l'affiche », 2005.
Miron Gaston, *L'Homme rapaillé, Les poèmes* [1970], Gallimard, coll. « Poésie », 1999.
Pettersen Geneviève, *La Déesse des mouches à feu*, Le Quartanier, coll. « Polygraphe », 2014.
Poulin Jacques, *Volkswagen blues*, Actes Sud, coll. « Babel », 1998.
Simard Jean-Jacques, *La Réduction, L'Autochtone inventé et les Amérindiens d'aujourd'hui*, Éditions du Septentrion, 2003.
Tremblay Michel, *Chroniques du Plateau-Mont-Royal* [2000], Actes Sud, coll. « Thesaurus », 2019.
Vallières Pierre, *Un Québec impossible*, Éditions Québec Amérique, 1977.
– *Nègres blancs d'Amérique, Autobiographie précoce d'un terroriste québécois* [1968], Typo, coll. « Essai », 1994.
Watt-Cloutier Sheila, *Le Droit au froid, Le combat d'une femme pour protéger sa culture*, L'Arctique et notre planète, Écosociété, coll. « Parcours », 2019.

TABLE

VOYAGE EN POCHE

1. *L'Exploration de la Sibérie* ~ Antoine Garcia & Yves Gauthier (2014, 2e éd. 2018 ; prix du livre d'histoire François-Millepierres de l'Académie française)
2. *Bons baisers du Baïkal, Nouvelles de Sibérie* ~ Géraldine Dunbar (2014, 2e éd. 2016)
3. *Une Parisienne dans l'Himalaya* ~ Marie de Ujfalvy-Bourdon (2014, 2e éd. 2018)
4. *Par les sentiers de la soie, À pied jusqu'en Chine* ~ Philippe Valéry (2014, 2e éd. 2016)
5. *Voyage à la mer polaire* ~ George S. Nares (2014)
6. *Trilogie des cimes, Histoires de larrons perchés* ~ Olivier Salon (2014, 2e éd. 2016 ; prix du pays du Mont-Blanc)
7. *Au gré du Yukon, Quatre-vingts jours en canoë* ~ Joël Allano (2014)
8. *Révélation dans la taïga* ~ Alain Lebrun (2014)
9. *La nuit commence au cap Horn* ~ Saint-Loup (2015)
10. *À toute vapeur vers Samarcande* ~ Eugène-Melchior de Vogüé (2015)
11. *Vers Compostelle, Drôles de rencontres* ~ Antoine Bertrandy (2015, 3e éd. 2018)
12. *L'Opéra alpin, À pied de la Bavière à Bergame* ~ Gérard Guerrier (2015)
13. *Dans l'ombre de Gengis Khan* ~ Julien Peltier (2015)
14. *Amours, Voyage dans l'intimité des Égyptiens* ~ Marion Touboul (2015)
15. *Confidences cubaines* ~ Claude Marthaler (2015, 2e éd. 2016)
16. *Quatre hommes au sommet, L'ascension du Denali, en Alaska* ~ Hudson Stuck (2015)
17. *Des déserts aux prisons d'Orient* ~ Donald Campbell (2015)

18. *Seule sur le Transsibérien, De Moscou à Vladivostok* ~ Géraldine Dunbar (2016, 3e éd. 2019)
19. *Cette petite île s'appelle Mozambique* ~ Jordane Bertrand (2016)
20. *Pèlerin d'Orient, À pied jusqu'à Jérusalem* ~ François-Xavier de Villemagne (2016)
21. *Nomade du Grand Nord, En kayak avec un chien eskimo* ~ Kim Hafez (2016)
22. *Qat, honneur et volupté, Nouvelles du Yémen* ~ Sébastien Deledicque (2016)
23. *L'Exploration de l'Australie* ~ Stuart et Burke & Wills (2016)
24. *Le Condor et la Momie, Nouvelles du Pérou* ~ Julie Baudin (2016)
25. *Un parfum de mousson, Nouvelles du Sud-Est asiatique* ~ Matthieu Delaunay (2016)
26. *Unghalak, La quête sauvage* ~ Kim Hafez (2017 ; prix du livre d'aventure Crédit agricole Centre Loire)
27. *Pèlerin d'Occident, À pied jusqu'à Rome* ~ François-Xavier de Villemagne (2017)
28. *Souvenez-vous du Gelé, Un grognard prisonnier des Russes* ~ Yves Gauthier (2017, 2e éd. 2020)
29. *Chaos khmer, Coup d'État au Cambodge* ~ Michel-Cosme Bideau (2017)
30. *Chroniques de Roumanie* ~ Richard Edwards (2017)
31. *Ermitages d'un jour, À pied dans les Préalpes d'Azur* ~ Sandra Mathieu (2017)
32. *Nostalgie du Mékong, Une chronique heureuse du Laos* ~ Marie-Claire Jacq (2017, 2e éd. 2019)
33. *Sept sultans et un rajah, Brève histoire de la Malaisie* ~ Éric Olmedo & Tangi Calvez (2017)

34. *Pyrénées, La grande traversée* ~ Christophe Houdaille (2017, 2e éd. 2018)
35. *Kaliméra, Séjours et songes en terre grecque* ~ Nicole Dubois-Tartacap (2017, 2e éd. 2019)
36. *Sagesse de l'herbe, Quatre leçons reçues des chemins* ~ Anne Le Maître (2018, 2e éd. 2018)
37. *Passage du Mékong au Tonkin* ~ Auguste Pavie (2018)
38. *Ambiance Kinshasa, Bière à flots et sape à gogo* ~ Victor Muller (2018)
39. *Voyage en Mongolie et au Tibet* ~ Nikolaï Prjevalski (2018)
40. *Madère, Un jardin sous les alizés* ~ Anne Caufriez (2018)
41. *Le Pianiste d'Éthiopie* ~ Luc de Revel (2018)
42. *Le Souffleur de bambou, Rencontres japonaises* ~ James Harvey (2019)
43. *Robert Louis Stevenson, Les chemins de la liberté* ~ Françoise Sylvestre (2019)
44. *Corse, La route des cimes* ~ Cristina Noacco (2019)
45. *L'Invitation à la sieste, Voyage en plein rêve* ~ Henri Boillot (2019)
46. *La Route du thé, Du Yunnan et du Sichuan aux confins tibétains* ~ Philippe Devouassoux & Julie Klein (2019)
47. *Carnets de Guyane, En descendant le Maroni* ~ Christian Dedet (2019)
48. *Ernest Hemingway, Vivre, écrire, tout est là* ~ Albéric d'Hardivilliers (2019)
49. *L'Exploration spirituelle de l'Inde, De l'Antiquité à l'aube des Lumières* ~ Tanneguy Gaullier (2019)
50. *Nos amours parisiennes, Nouvelles* ~ David Adjemian (2020)

51. *Fugue au cœur des Vosges* ~ Franck Buchy (2020)
52. *La Grande Traversée des Alpes* ~ Jérôme Colonna d'Istria (2020)
53. *Le Centaure de l'Arctique* ~ Yves Gauthier (2020)
54. *Le Plus Petit des grands voyages, Vers la Méditerranée* ~ Sandra Mathieu (2020)
55. *Une histoire belge, Sans un sou à Bruxelles* ~ Jean Pastureau (2020)
56. *Le Voleur de mémoire* ~ Jean-Marie Haegy (2020)
57. *Intime Arabie, Confidences saoudiennes* ~ Lætitia Klotz (2020)
58. *Pour tout l'or de la forêt, Nouvelles du Québec* ~ Matthieu Delaunay (2020)

POUR TOUT L'OR DE LA FORÊT

A ÉTÉ COMPOSÉ EN GEORGIA ET EN OPTIMA.
IL A ÉTÉ IMPRIMÉ SUR CLAIRBOOK IVOIRE,
FABRIQUÉ PAR CLAIREFONTAINE À ÉTIVAL,
DANS LES VOSGES. IL EST SORTI DES PRESSES
DE LA NOUVELLE IMPRIMERIE LABALLERY,
SITUÉE À CLAMECY, DANS LA NIÈVRE, POUR
LE COMPTE DES ÉDITIONS TRANSBORÉAL
EN SEPTEMBRE DEUX MILLE VINGT.

NUMÉRO D'IMPRESSION : 008442